爱此一拳石，玲珑出自然。

溯源应太古，堕世又何年？

有志归完璞，无才去补天。

不求邀众赏，潇洒做顽仙。

曹雪芹

古玉生烟

忽兰 著

浙江工商大学出版社—杭州

图书在版编目(CIP)数据

古玉生烟 / 忽兰著. —杭州:浙江工商大学出版
社,2024.6

ISBN 978-7-5178-6035-8

Ⅰ. ①古… Ⅱ. ①忽… Ⅲ. ①散文集—中国—当代
Ⅳ. ①I267

中国国家版本馆 CIP 数据核字(2024)第098308号

古玉生烟
GUYU SHENG YAN

忽 兰 著

出 品 人	郑英龙	
策划编辑	沈　娴	
责任编辑	费一琛	
责任校对	孟令远	
封面设计	观止堂_未氓	
责任印制	包建辉	
出版发行	浙江工商大学出版社	
	(杭州市教工路198号　邮政编码310012)	
	(E-mail:zjgsupress@163.com)	
	(网址:http://www.zjgsupress.com)	
	电话:0571-88904980,88831806(传真)	
排　版	杭州朝曦图文设计有限公司	
印　刷	浙江海虹彩色印务有限公司	
开　本	787mm×1092mm　1/32	
印　张	12.5	
字　数	197千	
版 印 次	2024年6月第1版　2024年6月第1次印刷	
书　号	ISBN 978-7-5178-6035-8	
定　价	78.00元	

作者简介

忽　兰

　　1975年生于新疆阿勒泰布尔津。湖北省作家协会第八届全委会委员，中国作家协会会员。出版有长篇小说《布尔津的怀抱》《布尔津光谱》《禾木》等；有作品发表于《人民文学》《美文》《中国作家》《诗刊》等文学期刊；有作品转载于《长篇小说选刊》《散文海外版》《诗选刊》《长江文艺·好小说》。曾获第三届《上海文学》征文新人奖，第三届新疆青年文学奖，《小说月报》第十四届百花奖优秀编辑奖，2015年《小说选刊》优秀编辑奖。作品曾获第二届汉语诗歌双年奖，《长江丛刊》2018年度文学奖，第五届贵州大曲杯·记忆里的味道"我的美丽乡愁"文图大赛特等奖。

这世界，原是要叫人失望的。比如那天，也不知在什么时候可巧塌了一个窟窿，恰恰好这时候出现一个好有力气的女子，便是女娲。她便来补天，用五色石，天是补好了，却又剩下几块石头遗落人间，而恰好有一块遗落在《红楼梦》里，便是宝哥哥的那块美玉。中国的小说啊，传说啊，原来都是美丽的"胡说"，而玉的好却是真真实实的。小时候，只有过年，家里大人才会把玉锁拿出来给我们挂上，虽是一块石头，却满满都是民间的喜气。所以，说到玉，是从小就在心里生了根的，什么东西都好不过它，金子是黄的，虽晃眼，却也是比不过它的。

在中国，说到玉，西周以来的礼乐，或更早的人间文明都离不开玉，神祇的身份要靠玉来证明，这就是玉的好，从古至今，就好像没人不喜欢它。玉在中国的地位要远远高于钻石与其他各种宝石。我们通常说的玉是软玉，而从清朝中期才开始慢慢流行的翡翠是硬玉。只说玉与翡翠，玉入土千年或几千年之后是会越变越好看的，各种让人意想不到的美丽的沁色会从玉的内部焕然而出，各种意想不到的迷人皮壳会在玉上出现，而翡翠入土之后就没有不脏的，也就是说翡翠一旦入土必定会变脏，白者不再白，绿者不再绿，变成说不清的混浊物，这真是一件怪事。翡翠虽说从清朝才开始越来越被人看重，但在中国的使用历史却很长久，早在商周便有翡翠的小件出现。我们的先民，混沌初开之时最早认识的就是石头，玛瑙啊，绿松石啊，青金石啊，石英石啊，蛇纹石啊，当然也包括玉，我们的先民认识石头远要比我们现在更全面，更深刻，更不可思议。而说到石头的硬度和石头的美丽，只此两点，非玉莫属。玉在远古一开始被用来做工具，后来做兵器，再后来做神器，人与天地鬼神交通信息断然离不开玉。玉是神秘的，你把一块古玉放在身边把玩，日子长了，你就会知道玉竟是活的，竟然是有生命的。人和玉之间，竟像是我们与人、与植物、与小狗小猫的关系一样，需要时间，需要一点一点互相招呼和熟悉。古人与玉的关系原是一种漫长的相亲，人们通过它，与神祇会话，与另一个世界交通。直至现在，我们与玉的关系依然如此，是一种不离不弃不间断的关系。

古人说，君子无故，玉不去身。几千年过去了，人们现在手捧一块玉，心里依然是满满的喜悦。说到玉，如果没有亲自好好地玩过一块古玉，你还真的不会知道玉的神奇，高古玉的吐浆现象，是现代科学说都说不清的事，无论在什么样的条件下，玉的温度总是要比它置身的环境温度低五到八摄氏度，这也是现代科学说不清的事。人们爱玉是有道理的。所以，忽兰的这部书稿一出现，在朋友之间便惊喜连连。这是一本谈玉的书，而又与其他谈玉的书有春兰秋菊的不同：忽兰把对玉的爱一点一点灌注到她的文字里。可以说这是一本内容十分复杂但又好看的书。说到玉，人们一定会说到和田，而和田就在新疆，再早，其实是没有和田玉这一说的，穆天子和西王母相会于昆仑山，一时间还真不知道穆天子和西王母在那里都做了些什么事。那时候，和田这两个字还没有出现，人们所说的昆仑玉，其实就是和田玉。新疆出美玉，而忽兰又生长在这块出美玉的地方。可以说，忽兰与玉是在同一个世界里成长的。所以，忽兰对玉的认知，几句话，一个想法，几乎是向导性质的，比如：

> 玉器的用途：通灵，敬神，与神沟通，求得神灵的保护。后来发展为王室专用。再后来，普及到民间。

> 殷商妇好墓中出土的大量玉器，有一部分是辽宁河磨玉，一部分是老和田玉。也就是说，真玉自三千多年前，就被选中和认定为礼天和王室陪葬用的玉石了。

> 总结如下：只有主要成分为透闪石且呈纤维交织结构的玉才是真玉，而且它们基本只分布在中国北方的西面和东面——昆仑山和辽宁的岫岩，还有甘肃的马衔山。因质地绝佳，它们被石器时代的人选中，成为神器。

只几句话，几乎概括了玉在中国漫长的历史。

这本书里的玉几乎都是忽兰自己的藏品，籽料居多，仿佛是一个个的绝代佳人。通过这些玉，我明白了她对玉的审美无疑是端然而超然的：

> 常有人认为，和田玉籽料的玉肉好是好，但是那完籽，也就是原石，总有瑕疵，轻微的如水线、白棉点、水草纹、钉子纹、石纹，严重的则皮粗带僵、老裂、碰口、窜糖窜墨，甚至窜脏如火龙果……如果没有这些，只金色丝绸般的薄薄皮肤，里面是温润羊脂玉肉，才叫完美好玉。
>
> 错也。最甜蜜的果子往往带有小疤痕和皴皮；最珍贵的玉则披着业已愈合的老裂和亿万年的艰辛走来，带着一干过往的瑕——俱往矣！沧桑矣！静气矣！它暗合了生命的完整性哲学。

读到此，我心里也真是满满的喜欢。

无一例外的是，忽兰所藏之玉的莹润远胜于我们在玉器商店里看到的那些玉，忽兰所藏之玉是质朴的，又是天生丽质的，多是不加雕饰的。从忽兰的藏玉中，我们可以看出她与玉的某种默契。在这本书里，从玉质到玉色，忽兰都有自己的喜欢之处。就好像一家人在一起吃年夜饭，各种好东西

序

一时都端了上来，竟然让人不知道从哪里开始，从哪里吃起，这是舍不得的意思。好东西都是这样，让人不舍得一下子享用完。这本书便是这样，要慢慢读，才知其中滋味。

忽兰的这本书，不是一本纯粹的讲玉的书，亦有开导的意思在里面。其精彩在于用一两句便让你清楚地明白一些事情，比如：

和田玉的性格有两种——阴性和阳性。糯性且脂分十足的为阴；坚毅、不呈现脂感但缜密无比的为阳。

钢板料，说的就是阳性的玉。打光无结构，臻于完美。玉体散发出钢的幽光。

关于钢板料，我是第一次在忽兰这里听说。忽兰的这本谈玉的书，似时空虽然广大无垠，却一时俱被纳入了此间，其对各种玉料的分析也让人大长见识。比如：

玉石越戴越润，这个说法有点儿不切实际。想要玉石越戴越润，首要条件还得是玉石本身就是天然油润的，只有这样才能越戴越出彩。天性就干的俄料，无论是盘，还是戴，干性不会得到改善。

台湾碧玉虽硬，笨拙，但很结实。虽然它有点像绿色大理石，但其透光极好的玉肉依然能够带给人心灵的笃实。俄料遇见它，都会有自叹弗如之感。

出产玛纳斯碧玉的河流叫清水河，流过天山北坡。清代就有绿玉厂在那里了。如今获得好的玛纳斯碧玉愈发艰难，真的到了一石难求的时代了。即使有黑斑和石花，但它幽深的绿仍然令人陶醉。

读忽兰的这本谈玉的书，真是让人长见识。这本书对玉的真知灼见还在于让你知道，玉并不是你不停地戴，它就会越来越润的。石性大的玉，也就是那种干的玉，你再戴也无法让它润起来。这样的话，你在别处也许听不到。又比如：

在新疆和田玉市场上，人们常会遇见一种整齐划一的碧玉，切割成戒面或制作成吊坠、平安无事牌。玉性是无疑的，然而它们毫无个性，更有大理石或花岗岩的石相，纯净到无任何杂质，有些甚至是产于北极圈的加拿大碧玉。

这简直是指南性质的。忽兰藏玉玩玉，其心得总归为这样一段话：

无论什么颜色的玉，佳品都具有共同的特点：清澈、润泽、色正、饱满、高密度、脂分柔糯或者刚毅舒雅。

注意观察俄料的糖白玉，白玉内有明显的萝卜纹或盐粒镶嵌纹。萝卜纹意味着玉质疏松，糖色渗入其中。而和田糖白玉色彩饱满，坚腻端正，白是白，糖是糖。

从我出生起，家里便多藏有古玉，但说到对玉的了解，在忽兰的这本书里，我像又被启了一次蒙。我想起小时候，正月初一睡醒，枕边便有两个苹果、三个金色的橘子，还有那个红绸小袋，里面便是那块属于我的玉，小小一品玉，玲珑八面。我和哥哥姐姐各自戴起自己的玉。外边有人在放爆竹，天地一时间都是崭新的。读忽兰的这本谈玉的书，忽然想起这些。岁月迢迢，玉却从来不变。玉让世人知道，世上美好的物品便是如此，天雷轰它不得，地火也奈何它不得。人能在心里懂得的一切好，原来都在玉里。

是为序。

王祥夫

鲁迅文学奖获得者，著名作家、画家

目　录

老和田玉札记

古玉生烟

目录

老和田玉札记

玉源

十几亿年前，新疆是汪洋大海，南边的塔里木盆地则是一片浅海。

地质专家说，在漫长的十几亿年里，塔里木盆地的地壳活动格外强烈，剧烈的造山过程使得岩浆不断地喷涌、冷却，喷涌、冷却，地心就像一口大锅，岩浆则在其中如炼丹般不断流动。

言归正传——石和玉的关系：石头，是构成地壳板块的物体；玉，是晶莹透光有美感的石头。

至坚至美的石头，方为玉。

一部分玉石就这样被熬和淬，后来凝固在了昆仑山海拔三千米至五千米的山体中，是为山玉；另一部分玉石随岩浆喷发到天空再落入水里，后于大河、戈壁辛苦辗转，形成今日小而美的籽玉。

对比俄料和青海料，老和田玉显然熬炼的功夫到了家，而俄料和青海料还需要再经历十几亿年、许多次的喷发和冷却、回到地心和再次涌出地表，并凝固在山体里的过程，才能形成老和田玉那样如脂似皂的特质。

唯一能和老和田玉媲美的玉是东北的辽宁河磨玉（黄白老玉）。它主要产在岫岩满族自治县偏岭镇细玉沟村，同老和田玉一样，主要成分为透闪石，具有相似的细腻和油润特质。

巧合的是，红山文化就诞生于辽宁和内蒙古一带，在这里出土了著名的碧玉C龙——以玉石来展现龙的身姿，它是第一个，距今五千多年。

而同属辽宁地域的兴隆洼文化，距今约八千年，属于新石器时代，出土了石头堆砌的长龙和玉做的玦与管珠。

红山文化和兴隆洼文化的玉器原料都是东北的河磨玉。

有历史学家说，中国的文明史上之所以北方先行一步，是因为龙和玉。还说，兴隆洼文化是红山文化的根。

中国的文化是龙的文化、玉的文化。

玉器的用途：通灵，敬神，与神沟通，求得神灵的保护。后来发展为王室专用。再后来，普及到民间。

殷商妇好墓中出土的大量玉器，有一部分是辽宁河磨玉，一部分是老和田玉。也就是说，真玉自三千多年前，就被选中和认定为礼天和王室陪葬用的玉石了。

总结如下：只有主要成分为透闪石且呈纤维交织结构的玉才是真玉，而且它们基本只分布在中国北方的西面和东面——昆仑山和辽宁的岫岩，还有甘肃的马衔山。因质地绝佳，它们被石器时代的人选中，成为神器。

老和田玉札记

老和田玉

　　俄罗斯、中国青海，在近现代才出产玉，这些玉被广泛地称呼为和田玉。其实，它们与被古人称为真玉的老和田玉有很大的区别。

　　俄料，虽白，但干、呆滞，没有流动的神采，像生米的剖面。也有羊脂级别的白，但没有流动的韵。无薄皮籽料，有石皮包山流水玉。

　　青海料，水头重，轻、弱、透，没有庄严、敦厚、富贵的气象，无籽料。

　　贵州有罗甸玉，它的成分与和田玉一致，但颜色像粗米浆，像白瓷，石性大。

　　老和田玉，像熟糯米。自古言玉，讲温润之光。

世上还有东陵玉、岫玉、蓝田玉、南阳玉等，皆不能与老和田玉比肩。

古代先民发现并利用的透闪石玉，绝大多数是新疆和田玉和东北河磨玉，还有江苏小梅岭玉和甘肃马衔山玉。历史佐证最早的距今七八千年，而在那时，青海玉、韩国玉、俄罗斯玉、加拿大玉等玉种，还没有被发现。

西晋太康二年（281），汲郡（今河南卫辉）人不准盗发战国时期魏襄王的墓葬并发现了一批古简，其中有一部分记录了周穆王与西王母交往的故事——

（穆王）十七年，王西征昆仑丘，见西王母……

——《竹书纪年》

周穆王西巡会见西王母于昆仑，赞昆仑为"唯天下之良山，瑶玉之所在……于是取玉版三乘……载玉万只"。

——《穆天子传》

也许这就是最早的关于和田玉由西域进入中原的文字记

老和田玉札记

载。距今近三千年。

唐代玄奘从印度回国，途经天山南麓，他记述瞿萨旦那国（和田）产"白玉、黑玉"、乌铩（莎车）"多出杂玉"。

《游宦纪闻》记载宋代和田玉的输入途径和分类：

> 大抵今世所宝，多出西北部落：西夏、五台山、于阗国。玉分五色……唯青碧一色，高下最多。端带白色者，浆水又分九色……

《古玉辨》是刘大同先生1940年出版的力作，书中如此总结玉之出产：

> 玉性属金，多产于西方，以和阗、叶尔羌二处为最上。精光内蕴，体如凝脂，其坚洁细腻，厚重温润。佩之可以养性怡情，驱邪辟瘟，有益于人身者，美不胜数。水底所产者，名曰子儿玉，则尤足贵重……又有于阗之三河：东有白玉河，西有绿玉河，又西有乌玉河。以及新疆峭壁峻崖之石，亦多产玉。又有莎车之玉河，昆仑山下各河，青海及南山之间，皆产玉。

籽料

"鹤鸣于九皋，声闻于天。"

和田玉籽料（子儿玉）之所以珍贵，是因为它在世间做着独一无二的自己。《天工开物》记载："凡璞藏玉……其值无几。"

生于衡阳，毕业于早稻田大学的谢彬，学成归国后，1916年，奉孙中山之命，以"财政部特派员"身份前往新疆考察，写成《新疆游记》。他在书中说：

> 其有皮者为价尤高。皮有洒金、秋梨、鸡血等名，盖皆玉之带璞者，一物往往值数百金。采者不曰得玉，而曰得宝。

近二十年，雕件每每留皮，是为身份的象征。

籽料沐日光月光、风雨雪雷霜雾雹，翻滚亿万年，方形成有毛孔的皮肤，天然包浆。温润冰凉，握在手心有如脂似皂的软腻，却蕴含着坚韧的特质。

《礼记》云："大圭不琢，美其质也。"和田玉籽料不雕，随形、随意、随性是其最高级的表现方式。

最佳的玉可以比作最甜蜜的果子。野生的，个头不大，长在无人惊扰处，被大风吹，被月亮宁静地照，被小昆虫探访，又愈合，被艳阳天弄出皱皮，被秋寒裹霜。成了。

常有人认为，和田玉籽料的玉肉好是好，但是那完籽，也就是原石，总有瑕疵，轻微的如水线、白棉点、水草纹、钉子纹、石纹，严重的则皮粗带僵、老裂、碰口、窜糖窜墨，甚至窜脏如火龙果……如果没有这些，只金色丝绸般的薄薄皮肤，里面是温润羊脂玉肉，才叫完美好玉。

错也。最甜蜜的果子往往带有小疤痕和皱皮；最珍贵的玉则披着业已愈合的老裂和亿万年的艰辛走来，带着一干过往的瑕——俱往矣！沧桑矣！静气矣！它暗合了生命的完整性哲学。不完美恰恰就是完美。

对于洒金羊脂籽儿这样的完美天价玉石，我说它像妲己，不教化人，却激发欲望，不令人宽厚，只令人促狭，增长人的骄横和戾气，因为自以为是贵胄。

黄红墨

黄玉，珍贵程度仅次于羊脂白。和田和且末地区出产的黄玉品质最佳。此地的山料密度极高，几乎等同于籽料，多为娇嫩的鹅黄色，宛如握在手心的橄榄油，温润冰凉。

鸡油黄、板栗黄这样的黄玉近乎绝迹。

用黄玉雕佛手果，很有贵胄气象。

其实最珍贵的玉是红玉，几乎绝迹。这种红玉的颜色如同红月亮般绝美。红玉籽料这个玉种只新疆和田有。自古以来，赤如鸡冠的红玉乃玉石中的王者。其质地通透，并且可以呈现出各种色调，或艳红，或褐红，或黑红，颜色是次生的。

红皮籽料只是沁色为红，而非红玉。

更有烧染、油炸、酸泡的假红玉。

和田墨玉经打光后，边缘透出的是白玉的光芒。

有些不良商家拿泰山墨石、煤精石、卡瓦石混淆视觉。它们不透光，无白光，性脆，硬度低，分量轻。

墨玉漆黑如墨，为上品，产量少，常与白玉共生。白玉则白如油脂，与墨玉、青花玉混搭，可以巧雕山水意境。

墨玉是由石墨冲入细腻度极高的白玉所形成的，其形成的时间是其他玉种的两倍。它被称为国人灵魂之玉，因为很长时间以来国人对泼墨情有独钟。国画一般指的就是水墨画，而墨玉恰恰是大自然的鬼斧神工所绘的水墨画。

和田青花玉，同墨玉一样，都是由石墨冲入白玉所形成的。显然青花玉里石墨冲入的量较少，使其呈现浅灰或者深灰颜色，石墨以细密的点状、层状和雾状分布。而墨玉里石墨凝聚，呈漆黑之色。青花玉因为墨效，同样具有国人灵魂之美，即对水墨丹青的眷爱。

青花玉的基础是坚贞细腻的白玉，因其质地敦厚润泽，宛若冻蜡，又添加了飘逸的淡墨韵味，同样令人敬重和爱慕。

《红楼梦》中贾母最珍爱的墨烟冻石鼎，其神韵和玉质应与青花玉极为相似。

一块一斤多重的完整籽玉，经过雕琢成为被称为"玉山子"的摆件，这一风尚自清以来便开始盛行。它为一室增添江山如画、万古千秋的清气和祥瑞。玉气，万山之祖昆仑山的精神之气——"仙人下来饮，延寿千万岁"。有象形如自然大山的青花璞玉，不必雕琢，只配架案便可，黑山白水也。

浮雕、圆雕、立体雕、透雕，根据玉石的"七分天意，三分人意"来判断如何去雕就是。

青海的烟青料有时会被假充和田青花玉。辨识的方法很简单，烟青料有泛烟状的淡淡紫色，且墨的分布无点状，是条雾状。

青海料不会有老和田玉凝重、温敦的身姿，显得较为昏蒙，像石粉制成的料器。

青花籽玉则像水果的果肉。当我整个下午盯着青花籽玉雕琢的灵兽，这剔透的玉肉。当秋雨初至，我是否能够准确地辨认出哪一块是真的、优质的和田玉？又或突然间，发现一块并非上好品质的和田玉，甚至是伪造品？首先，优质的和田玉一定很沉，很结实，是那种很干脆的压手，令你的手猝不及防地往下沉一下。其次，它们一定有极高的韧性，也就是非常硬，用刀片划一下，刀尖在玉面上滑了个趔趄，束手无策。最后，它们若是籽料，就一定有丝绸般光滑的皮肤和细密的毛孔，还会微微散发出珠光，当然这些都构成了其迷人之处；若是山料，虽无皮肤，但由内而外散发出的半透明的润泽感，是它一定拥有的。

这个青花籽玉雕琢的灵兽，玉肉里有细细的银沙。根据玉的相关知识，青花玉的山料会有此种银沙，而籽料通常无，籽料更多呈现的是黑白分明——泼墨状、丝丝缕缕状、墨海状，比如墨玉海螺，漆黑。

因这雕琢的灵兽是我自己购买的青花籽料原石制成的，由此可以知道亲身实践往往胜于他者的理论，尽管他者的理论也来源于实践。也就是说，青花籽料也会有含银沙者。

灵兽，身体上有籽料特有的裂隙和碰口雕琢之后留下的痕迹。裂隙里的黄沁好看得很，恰好位于尾巴上。身体上的褐红色皮几乎全被打磨去，只在鼻梁和额头上保留，与尾巴上的沁色相呼应。这种点睛之笔让灵兽仿佛可以与人对话。这是我爱它的缘由，有了这留皮，灵兽就活了。我抚它、亲它的时候，就感觉仿佛和家里的大猫耳鬓厮磨。

用一块大大的、笨笨的青花籽料打造了一个壶，留些许红皮在壶身上。这些皮是僵皮，所以整个壶看起来也笨笨的，没有完全展现原石的轻盈之美。我爱它的原因是什么呢？左看右看，也许是因为我希望自己也能像这壶一样的笨，一样的敦厚，一样的无畏。

玉之璞

从"璞"这个字说，王、业、美，构成一个"璞"字。

一块独立的籽玉，被外皮包裹，成为至尊的王，并且业已形成了美。

璞玉是完胜的——天成之作，浑然有灵，任意随性，携带着大有来历的讯息。

它的外皮是如何形成的？亿万年来，它与万千坚硬的石头碰撞、摩擦，被水流冲刷，然而因为其质地的坚韧，外皮不曾消失。有一天，它蓦然间得以华丽转身，披着柔韧的金甲，怀着细腻澄澈的心，庄严出世。

毛孔在河水中吸取矿物成分，氧化，呈现出美丽的颜色。常见的外皮有洒金皮、红皮、黑皮、秋梨皮、鹿皮、虎皮、油烟皮、白皮。

摩挲一块满皮的籽玉或者留皮的雕件，体现了爱玉人对玉的温情和沉思。令人惊讶的是，它们的毛孔与人的毛孔极其相似，更像银河旋转时密布的星云，暗含着秩序。

籽玉的密度高，质地优越，而其外皮则成为判断其真伪的重要标志，甚至可以说是唯一的标志。

因为，一些不良商家采用滚筒打磨和喷射沙砾的方式伪造山料的毛孔并进行染色，以制造假冒的籽玉。

鉴别的方式主要有两点：一是，伪造的籽玉毛孔内壁无圆润感，而呈现出无数蹩脚粗陋的小坑洼；二是，染色的假籽玉表面颜色轻飘、虚浮，无渗透层，裂隙和碰口处的色素外深内浅。

真籽玉的裂隙和碰口处的沁色恰恰是外浅内深的。

玩物会丧志，而爱慕、敬重一块玉，懂得并感念玉之德的人，一定是向上的，因为他有了对真的追求。

有些商家用灰白俄料伪造留皮手镯。他们声称之所以不用高白俄料，是因为和田好白玉通常会微微发灰或者发黄，呈现出一种自然的油脂光泽。

假的，即奸邪。

在古代，和田玉的名字叫"真玉"，被视为世间万玉中的最真和最尊。

将两块和田玉凌空敲击，使其发出清脆悦耳的琅琅之音，如钢如钟地回响。玉德之一：叩之其声清越，以长其终，诎然乐也。

这种清越之声，其他玉种都无。

青玉

和田青玉，有着致密的纤维交织结构，有"钢玉"之称，是玉石中硬度较高的，约6.5级。它的油润度也较好。民国地质学家章鸿钊认为："古人辨玉，首德而次符。"德，内质；符，颜色。

李时珍在《本草纲目》中指出，古玉以青玉为上，其色淡青，而带黄色。

在出土的先秦及秦汉时期的佩玉中，青玉居多。《诗经》有言："青青子佩。"意思就是佩戴着青玉的君子轻轻地走来。

青玉手感温润，质地细腻，声音清朗。

红山文化（五千多年前）里的C龙由青碧玉（河磨玉）

雕琢，被称为"中华第一龙"。良渚文化（四五千年前）里的龙形玉饰件，两条龙一条抬头，一条俯首，呈青绿色（透闪石）。齐家文化（三四千年前）里的素璧玉器几乎都是青色。商代妇好墓（三千多年前）中出土的大部分玉器也是青玉雕琢的。

古代有词牌名"青玉案"，辛弃疾有词："东风夜放花千树……蓦然回首，那人却在，灯火阑珊处。"宋代之后，人们更加崇尚白玉、红玉、黄玉的"绝色"，使得青玉略显卑微。

清代帝王的玉玺有一半为青玉料。

青玉色泽的典雅含蓄，质地的极致温润敦厚，使其更适合作为家居中的重要摆件，取镇守之意。玉玺，镇江山；玉案，稳靠笃实；玉鼎和玉瓶，线条流畅，厚润，彰显豪门气派。

这个青玉挂件和镯子的玉材是不同的。挂件所用的玉石叫沙枣青，取名于沙枣叶的色泽。沙枣叶在新疆常见，淡青色泛着银光，有丝绸的光泽。沙枣青是和田玉中的一种籽料，大约十年前被赋予了此名。当时它低调谦卑，但现在却拥有惊人的价格，且稀少。镯子所用的玉石叫鸭蛋青，取名于鸭蛋壳的青色，略带一丝蓝。鸭蛋青是和田玉山料，优点是玉质均匀，非常细腻，纯净。玉界把鸭蛋青归类为碧玉中的一种，但我认为它其实更接近青玉的色调。

作为籽料的沙枣青和作为山料的鸭蛋青，当然有本质的区别。沙枣青油润，玉肉经打光呈现出柔软的小云絮纹理，细细密密，几乎就是无结构。玉肉有纹，和天上有云是同一个道理。若谁说一块好玉就是没有丝毫纹理的，那这玉就是石头粉压制的假玉了。沙枣青因为是籽料，所以有毛孔，有碰口，有沁色，有僵，有老裂，有脂感，鲜活盈盈。

那山料鸭蛋青的玉肉是怎样的呢？打灯看，它呈现出介于盐粒结构和云纹结构之间的一种看着透气也柔和的结构。和沙枣青比，鸭蛋青的结构粗糙些。因为是山料，鸭蛋青比沙枣青水透些，缺少些油润感。

就盘玉和养玉来说，自然是沙枣青更容易戴出珠光。然而，这样细腻的镯子，虽然是山料，但常戴，也能戴出包浆来，包浆会有柔和的珠光。所以我们不用对山料的玉石完全失去信心。

沙枣青有丝绸般的皮肤。这是它的最珍贵处。

和田玉的世界里有一种玉叫青白玉。它介于纯白和淡青之间，不是完全的白，反透出微微的青色，适合用来制作女性佩戴的首饰，有白玉的清灵水秀之姿，兼着朴素的风采。

我有一个比手掌大的青白玉大如意，是由一块籽料雕刻而成的，留着原皮，宛如一汪湖水。搁在黄梨花木书桌上，甚好。

再果断些的青色，就都被称为青玉了。

最深的青玉几乎呈现黑色，猛一看黑漆漆，叫作黑青玉。塔里木盆地里的塔青，一级细，是青玉中最珍贵的品种之一，现在很难见到了，矿源也基本开采殆尽。

深青色，几乎是大理石的色和光，就是最平常也最便宜的山料青玉。

青玉的油润性和缜密性在和田玉里是最高的，与其富含的阳起石有关。

戴白玉有贵胄之气，戴淡淡青玉就很安心。颜色再深一些的青玉，以及黑色的青玉，更适合做成摆放的器物。

其实无论是什么颜色的玉料，质地才是最重要的考量因素。玉肉的纯净、缜密，散发出凝神的光感，气定，润泽或者刚毅。那么，即使是一块非白玉，也依然是珍贵的。

这也就是德。德的核心不在外貌，而在本质。玉的颜色和形态是外貌，玉肉才是真正的内在品质。

观察一块籽料是否真，碰口至关重要，如同古老花瓶内里的鸡爪纹一样具有标志性。籽料经历千万年的天然翻滚、打磨，自然生成裂隙和碰口，有少许的絮，边角有杂质。因此，需要磨光，雕刻，顺势把杂质去除，尽量只留下玉肉最纯净的部分。

大荷叶上有一只青蛙，背面有一肥藕，金红色的沁痕留在上面，十籽九裂，老裂也留在了上面。荷叶下方是一泓涟漪和一个如意。打光注视，紧密莹亮的玉肉里有淡淡细细的石墨，沁色也显现在玉件的表面，但这都不会影响到玉石本身的缜密和糯性的展现。

璞玉的魅力就在于它的独一、自在、天成。盈盈一手心，心静自然凉，于是天地宽。

细糯，就是好青玉的特点。

我收藏的这块籽料，与常见的青白玉相比，略带青翠之色，透出柔软的脂黄光泽，完籽满皮，油烟黄皮，棕黄色沁入青色的玉肉里，形成如水草根须般的色彩纹路，密密扎入，整块籽儿就被这么一层浓艳而薄薄的皮色覆盖，乃至侵入肌理。打灯看，玉肉细腻缜密到几乎无结构，就连白籽玉常有的细密云絮纹也看不见。

这真的是一块好玉啊。再说说它的形状，正好是比半个月亮小点的饱满的弯月状。玉必有意，这块玉充盈着思念和珍惜，是此世和彼世，是心事浩渺连广宇，是曾经拿起而今放下。

　　我为什么就能够捡漏呢？好玉被捡漏的可能性有多大？绝对不会大于千分之一。如今，它沉甸甸的，润泽地安放在我的手中，它已在昆仑山下和田的大河里居住了万亿年，它拥有密密细细的坚定的毛孔——它已自成一精。

　　而许多遇见过它的人并不曾突然停下脚步、沉思其中，那是因为世间的人对"色相"的执迷。美玉该是什么样子？他们众口一词答："鲜洁！"挂在胸前戴在腕上闪闪耀耀，贵胄啊贵胄！

　　于是，我得以遇见它，拥有它，并与它为伴。青黄色的玉肉搭配棕红色皮，通俗地说，这玉会显得"脏"。所以，人们因为视觉上的不够晶莹剔透而漠然之，轻视之。

　　"因为懂得，所以慈悲。"这句话真是好。

　　这是一块用带青花石墨的青白玉雕刻的二羊卧拱桥玉件。它是一块老和田玉。梦心问我，它的好在哪里。

　　首先，它的玉质好。它虽是现代玉料，但凝腻如旧玉，视之抚之怡然静心，有玉魅。

　　其次，它的随意好。它是掏了镯子后的剩余玉料就势琢磨出来的，玉工朴拙，充满善意和古典情思。

最后，它的实用价值好。它可以做摆件，也可做笔架山，同时蕴含着深邃的风水哲学，取船到桥头自然直和顺风顺水之意，桥上的羊是吉祥之意。

看玉究竟看的是什么？无非就是玉质和灵性。同理，看人看的是内质和品性，其他的都是浮云，太在意则陷于虚荣和虚妄，如竹篮打水，人生空空。

玉质好却无灵性，不会是好玉。灵性是感知来的，亲和心灵，这就是玉缘。青海料和俄料缺乏灵性，所以没有暗含的精光和灵秀。

自古玉以白为贵？不，史前文明到殷商都以青玉为贵。红山文化、良渚文化、齐家文化的考古挖掘中，都有大量青玉出土。妇好墓里也出土了大量青玉。青玉中阳起石比重较白玉多，油腻和韧性极佳，雕琢中不起性，玉感满满，在人类尚且不轻薄、不虚荣的时代，内质是衡量美的唯一标准。

西周之后，《礼记》说：

天子配白玉而玄组绶，公侯佩山玄玉而朱组绶，

大夫佩水苍玉而纯组绶，世子佩瑜玉而綦组绶，士

佩璩玫而缊组绶。

那么真正的君子喜欢什么玉？当然是内质好、含蓄而不张扬的青白玉。

古代帝王得了色如截脂的白玉，常会大赦天下，可见白玉的跋扈。

梦心大笑，问曰："玉就那么有意思吗？"

我则讷讷答曰："丝绸之路在古代其实就是一条玉石之路，向西，沿途有昆仑山、高加索、印度、伊拉克和叙利亚；向中原，出玉门关，沿途有甘肃、陕西、山西、河南以及长江流域。"

另外，据说商末有遗民抵达南美洲的墨西哥。那里曾出土刻有甲骨文的和田玉玉圭。墨西哥土著有佩戴绿玉做护身符的传统。

玉如坚固的船，扬帆远行，执着地留下古代文明无声的倾诉；它是横跨地球、常年不变之物；它坚守德的标准，表里如一。人观之，惭愧。

"玉"字在甲骨文和金文里都形近于"丰"——心灵对世界本质的领悟，需要借助玉石的启发，于是自足。

韧度

翡翠的硬度在7级左右，和田玉的硬度在6级到6.5级之间。所以拿它俩做比较，前者称为硬玉，后者称为软玉。其实，即使是被称为软玉的和田玉，硬度也高于绝大多数金属。软玉和硬玉的说法是有些牵强的，因为玉石最终比较的是韧度。

和田玉的结构是以透闪石为主要成分的纤维交织结构，像毛毡一样紧密。蓝田玉不具备纤维交织结构，硬度低，易碎、易风化，比重轻。东陵玉、阿富汗玉、巴基斯坦玉、准噶尔盆地的金丝玉，视之晶莹剔透，但石英石的纤维结构轻飘易磨损，无法与和田玉比肩。

这就要说到韧度这个关键词。韧度也叫绝对硬度。如果将和田玉的韧度设定为1000的话，那么相对而言，翡翠约为500，岫玉约为250，石英岩为10—20。

准噶尔盆地的金丝玉虽硬度可以达到7级，但它的韧度非常低，无法达到玉德的标准——坚韧质地、垂之如坠。

再来比较和田玉和贝加尔湖一带出产的俄罗斯玉及青海玉。它们都以透闪石为主要成分，呈纤维交织结构，硬度也在和田玉的范围之内。但俄罗斯玉无论是白料、糖料还是碧玉料、青花料，一眼望过去，皆发蒙，略浑，呈无精打采状。青海玉则水透得很，像东北的岫玉（需要说明的是，此岫玉非透闪石河磨玉，是蛇纹石质玉，呈纤维交织结构，硬度在5级左右）。

俄罗斯玉和青海玉作为以透闪石为主要成分且呈纤维交织结构的玉，虽硬度达标，但质地尚在鸿蒙中，应该在沉睡中继续修炼才对。而和田玉与它们相比，就好像炖熟的玉料，稳稳地出炉了。

当年女娲在不周山熬炼五色石补天。不知这五色石是否就是这五色玉——白、青、黄、红、黑的玉石。

所以，和田玉相较于俄罗斯玉和青海玉，可以被赞为熟玉。

和田玉的性格有两种——阴性和阳性。糯性且脂分十足的为阴；坚毅、不呈现脂感但缜密无比的为阳。

钢板料，说的就是阳性的玉。打光无结构，臻于完美。玉体散发出钢的幽光。

这块青花籽料就是钢板料。雕刻工人是新疆喀什麦盖提的一位维吾尔族男子。作品整体呈现出一只蜗牛的形状，巧妙地结合了海水纹和鱼纹，在追求古典美的过程中，出乎意料地与汉族先民使用的花纹产生了惊人的契合。

人们向来着迷于苏工的精致婉约、京工的讲究大气，然我却钟情于民间匠人用心雕刻出的古拙纹路。

刘大同《古玉辨》中说道：

石器时代原无刀工，故古玉斧玉铲之类，存于今者，未见其有花纹者，可见上古未开化以前，无刀工之可言也。若论刀工，三代尚矣。夏尚忠，其刀工精而深；商尚质，其刀工古而朴；周尚文，其刀工文而雅。而产玉之多、制玉之盛，尤以周为最。

俏糖

山料的青玉和白玉，伴生有糖玉，纯洁清冽的青玉和白玉被厚厚的锦缎所包裹。和田糖玉的色格外正，因此可以被称为"俏"。青玉和白玉上带点俏糖色，是和田玉山料雕件常有的美学风格。

糖玉的颜色与真实的糖极为吻合。黄糖色、红糖色、黑糖色，几可乱真。糖玉做成的平安扣如一颗阿尔卑斯糖。

黄糖玉雕琢的佛手较之黄玉雕琢的更亲和、更滋润，同样具有贵胄气象。

和田有三个地方产糖玉。其中，若羌的糖玉质地最佳，细腻、油脂丰富、黄亮、俏丽。且末的红糖玉很出彩，近于咖啡色的红亮，淳厚。叶城的糖玉属次等，干、灰、润度低。

依然要对比俄料、青海料里的糖玉。

青海料里的糖玉色灰暗。

俄料里的呈酱油的褐红色，干。

和田带糖的白玉，边界非常清晰，白如脂，黄如糖。俄料带糖的白玉，糖色在交融处蔓延、混淆，如同一块咖啡糖掉入牛奶里渐渐溶化。俄料的白玉颜色如白卡纸，俄料的高白玉死板，俄料的糖玉无法称为俏丽。

无论什么颜色的玉，佳品都具有共同的特点：清澈、润泽、色正、饱满、高密度、脂分柔糯或者刚毅舒雅。

注意观察俄料的糖白玉，白玉内有明显的萝卜纹或盐粒镶嵌纹。萝卜纹意味着玉质疏松，糖色渗入其中。而和田糖白玉色彩饱满，坚腻端正，白是白，糖是糖。

和田有一种红糖玉接近于已经稀世的红玉。其实只要是好玉，遑论颜色。

黄糖玉里会有杂质，褐点、白棉点，但不影响玉质本身拥有的光润、缜密。

糖玉的颜色是纷呈的，虎皮、豹纹、硬糖、糖稀……

"一花一竹如有意，不语不笑能留人。"

糖玉当然也可能有籽料。打光，通透如无。我有幸遇见一块并保存近十年。但和田玉界认为糖玉没有籽料。那么这块颜色近似咖啡红的籽料是否算得上一块红玉籽料呢？一笑。

有褐点和白棉点、如甜菜熬炼的杂糖色手镯，我曾在很多年前遇见过。即使芜杂，它的油润和坚腻肯定是一等的。

碧
玉

那一年我去台湾自由行，在台中鹿港小镇遇见了很多绚丽而精致的日本花布和台湾花布，天尚未明，我乘着慢火车往台东去，来到花莲，看蓝色的太平洋。

这里是一个温泉小镇。当天是元宵节，我站在阳台上看见舞狮的队伍在街边每一个商户前闹一闹，颇有古风。

有个卖玉石的大门脸。我发现了用像水藻化石般透明的石头雕琢的挂件，便宜得很。店主是一对夫妻，他们退休前是某大学的教授。我的女伴向他们介绍，说我是个诗人。他们细看我一下说，真的有诗人的味道呢。我觉得自己有假冒的嫌疑，扭捏起来。

这家店还卖台湾碧玉。六七年过去了，我将当时买的碧玉龙与资料进行对照，发现其果然是一块花莲丰田地区出产的碧玉。这种暗绿的咸菜色玉石，内部有绿色斑纹，既不像和田碧玉籽料虽凝腻但纷呈，也不像俄罗斯碧玉带有黑点和萝卜纹、溪流纹，同时也与玛纳斯碧玉带有黑斑和石花有所不同。

台湾碧玉，色硬，更适合做玉玺或者酒具，有英豪气。雕琢成龙也不错，龙也是豪气的。

俄罗斯碧玉产自布里亚特共和国一带。有糖色，有的干净到无任何黑点，长时间佩戴依然会觉得干。我曾用俄罗斯碧玉山料打磨成不规则的珠子，并穿成项链。这些珠子虽有玉的光芒，但缺乏润度，且结构稀疏，无缜密凝聚感。

玉石越戴越润，这个说法有点儿不切实际。想要玉石越戴越润，首要条件还得是玉石本身就是天然油润的，只有这样才能越戴越出彩。天性就干的俄料，无论是盘，还是戴，干性不会得到改善。

台湾碧玉虽硬，笨拙，但很结实。虽然它有点像绿色大理石，但其透光极好的玉肉依然能够带给人心灵的笃实。俄料遇见它，都会有自叹弗如之感。

在新疆和田玉市场上，人们常会遇见一种整齐划一的碧玉，切割成戒面或制作成吊坠、平安无事牌。玉性是无疑的，然而它们毫无个性，更有大理石或花岗岩的石相，纯净到无任何杂质，有些甚至是产于北极圈的加拿大碧玉。

玉，人们终究爱的是它独一无二的神韵。每块籽料自然都是世间唯一的。和田山料里卷带着其他颜色，或者交织着糯和脂质，使其具有独特的气质。

我的女友翅膀的故乡是新疆玛纳斯。有一天，她给我带来的礼物是一个碧玉戒指和一个碧玉平安扣。这两块碧玉展现出油绿色泽，表层有蜡感，古朴得很，有年代感、阅历感，适合作为传世纪念的珍贵之物。

出产玛纳斯碧玉的河流叫清水河，流过天山北坡。清代就有绿玉厂在那里了。如今获得好的玛纳斯碧玉愈发艰难，真的到了一石难求的时代了。即使有黑斑和石花，但它幽深的绿仍然令人陶醉。

唯有俄罗斯碧玉和加拿大碧玉可以有纯净到毫无杂质的机会。这条路路通手链虽然是淡绿色，但着实干净。多年后再看，其萝卜纹极其清晰，显露出玉肉疏松，无新疆和田玉缜密的玉相。

和田碧玉的好，在于它质地紧密、油润细腻，即使杂质和黑点多到放肆，但它内敛的骄傲和神采仍让懂得它的人无法不倾心。和田碧玉籽料也已罕见。习惯了和田玉的人，久受其温润和独特性的熏陶，对无个性并且干的玉石，很难喜欢起来。

绿色的蛇纹石和东陵玉常被冒充成碧玉。前者硬度只有3—5级，比重轻，掂一下就可以辨别。后者具有石英石结构，同黄龙玉。东陵玉也叫印度玉，新疆的阿克苏也有出产。东陵玉的玉肉在阳光下呈现无数棱角的光芒，很好分辨。此外，还有一种染成绿色的石英石，被称为马来玉，具有酸腐网状结构。

青海碧玉呈暗灰青色，没有黑点，水透。但是懂玉的人都心里明了，不追求所谓的无瑕。

瑕不掩瑜也！瑜，玉肉根本的质地，必须温润且缜密。

老和田碧玉籽料的厚重和油润，是碧玉中最佳的。俄罗斯碧玉虽鲜艳，但带有玻璃光泽。青海碧玉水透，暗淡，轻飘。加拿大碧玉、新西兰碧玉性状呆板。玛纳斯碧玉有白斑和黑斑，偏灰黑，玉肉虽温敦，但显凌乱，更适合制作大型器皿摆件。

总结下来，依然还是老和田碧玉籽料最好。虽然它也有杂质，略凌乱，但是精光内蕴这一特点是其他产地的碧玉无法拥有的。

因老和田碧玉只有籽料这一种形态，所遇注定越来越少。若想在当下拥有一只老和田玉碧玉籽料留皮手镯，价格一定在几万元到十几万元，甚至更高。这样的籽料手镯一目了然：老熟。就凭这两个字，它便是佼佼者了。它也能展现出浓艳的绿色，妩媚，那流动的绿色是突然凝固的缱绻。你几乎会怀疑这碧玉籽料的色泽是按照一种绝世的染料调配方子制成的，深深的绿，几乎黑了，叫作墨碧，看着就像一块黑油膏，焕发的是黑珍珠的光芒。

我和一位卖玉的新疆大姐在电话里切磋。她说到俄罗斯碧玉，称其颜色美，国人喜欢翡翠，因此也喜欢娇艳的俄碧手镯。我则表示，只有和田碧玉籽料油润，具有老熟感。她反驳道，和田碧玉籽料的颜色太不鲜亮，国人是不喜欢的。而我恰恰喜欢的就是和田碧玉那种古典的低沉调子和蕴含的珠光。她提到，俄罗斯碧玉也可以进行磨砂哑光处理，然后常戴、常盘，久了就有了一层包浆，也是好看的。她顿了顿，无可奈何地说，但是俄罗斯碧玉真的是干，一段时间不养，就不好看了……那样抛高光，那种玻璃光，有的人就喜欢……但是懂的人又不喜欢。

她是两难的，但懂玉的人毕竟是少数，玉是卖给大多数人的。于是，她的生意很好，几乎每天都是喜笑颜开的。她送给过我两块青玉的完籽，丝绸的光芒，简直腻手。为什么送这么好的玉给我？她的第一个解释：你懂它们的好。另一个解释：不懂它们的人不会多看它们一眼。

我总怕看错了玉，后果是心里会有一个梗。比如我曾经把绿色卡瓦石当成和田碧玉籽料，盘了很久不见油润，只见黯淡。我怕看错人吗？倒也不怕，人其实很简单，不外乎在善与恶之间徘徊，不外乎一半是天使一半是魔鬼。

在和田籽料的世界里，唯有天然毛孔来说话。真理是唯一的。用在人的世界里，理同，唯有用真善美来衡量，无他。

卡瓦石

　　碧绿色的卡瓦石，蛇纹石质，往往被不良商家冒充成碧玉籽料出售。它们都是绿色的，都呈籽状，打灯看都有黑点，玉肉也都是绿色的，都是透光的。那么如何辨识呢？卡瓦石籽的表面非常不平整，就像月球表面的坑洼，这是由于卡瓦石性脆，被磕打成此状。相比之下，碧玉籽料一定有绸缎般光泽的皮肤，上面是光滑且细密的毛孔。卡瓦石粗糙，只见坑洼不见毛孔。打灯看，卡瓦石除了有黑点外，还有一种水藻般的絮状物，仿佛一层黑纱被拉开，这是蛇纹石的典型特征。而碧玉籽料通常只见黑点和玉肉肌理。卡瓦石籽常常有被修过的痕迹，而碧玉原籽无需修。用刀片划卡瓦石籽，会有白色粉末洒出，而碧玉籽料则纹丝不动。卡瓦石籽手感涩、轻，碧玉籽料光滑、凝重。

卡瓦石。爱玉人绕不过去的痛。

卡瓦。维吾尔语，南瓜的意思。煮熟的南瓜很软，卡瓦石取的就是"软"这个关键词。玉龙喀什河和喀拉喀什河有一种鹅卵石，就被称为卡瓦石。

软，其实不是指这种石头的硬度比和田玉低，甚至有的卡瓦石的硬度同和田玉不相上下，用小刀划刻也不能准确判断。软，在新疆也有嘲讽的含义——不咋样、不行的。在新疆俚语中，"软"就用来形容人"傻，容易被骗"。

卡瓦石包含的石头种类有很多，主要是一种外貌很像和田玉籽料却实为蛇纹石的石头，此外，还有一些石性大的、杂质过多的玉石，以及石英石的卵石、大理岩、白云岩、蜡石、墨石、水石等。这些一概统称为卡瓦石——不好的石头。

美石方为玉。虽然玉其实就是石头，但玉化、玉成之后的石头，就脱了石质——修成山中高士晶莹玉。

卡瓦石是什么样子的呢？常见的是黑黑绿绿的石头，有二三十斤重，表面有非常粗糙的坑洼，打光见墨绿色。卖者会说是碧玉籽料，其实是蛇纹石。这几乎就是石头，不透光，里面的墨绿结构极其凌乱。

黑色的卡瓦石和墨玉籽料极其相似，但前者非常干，比重略轻。还有一种白色半透光的石头，有黄色的人工皮色，光滑，无毛孔，被称为和田白玉完籽。其实这是和田岫玉，玉质同东北的岫玉，都是蛇纹石质。和田岫玉分黄色的和绿色的，分别冒充黄玉籽料和碧玉籽料。岫玉，虽然是东北的名玉，但于和田玉毫无可比性。

当然，东北也有很好的玉，甚至也是稀世的，叫河磨玉，与岫玉的产地在一起——辽宁省鞍山市岫岩满族自治县。岫玉是蛇纹石质，河磨玉却是透闪石，同和田玉相同。河磨玉是带皮籽料，皮厚，和田玉籽料的皮则非常薄。河磨玉也近乎绝迹了。

还有一种被称为阿富汗玉的白玉，其实是大理岩。这种岩石制作的手镯，白，透，滑，轻。仔细观察和感受，玉质干，光涩滞，玉的颗粒粗糙，具有玻璃感。此种抛高光的白玉镯广存于淘宝。

卡瓦石做成的玉器，其低廉感同一般的阿富汗玉。真正的阿富汗玉也已稀有，那是一种凝白的玉石。

卡瓦石做成的黑镯子，被商家谎称为墨玉镯。早些年，一些黑青也被当做墨玉卖。打光呈青绿色。但黑青中的塔青是油腻的极品，产于塔什库尔干塔吉克自治县，切开细腻如丝绸——润泽以温，仁之方也。

熟糯细腻纯粹的黑青、黑碧，同墨玉一样，都已成为绝世佳玉。

广义

2012年春末夏初，我和重庆出版集团的陈女士、高先生一起去伊犁出差。在伊宁那座古树参天蓊郁、半个世纪以前是苏联领事馆的伊犁宾馆入住。我和西洲、高先生在车上就商量好，他们一伙儿懒人尽管午睡去好了，我们要去伊犁哈萨克自治州文联旁边的玉市场逛逛。

5月初的天气已经有些炎热的感觉，不由得让人觉得困倦。这样的状态似乎不太适合看玉，也许这也预示着高先生没能在那天买到中意的玉。

玉市场在伊宁最大的邮局正对面，是一个清凉的小楼。2008年，我在《伊犁河》杂志社做事的时候，中午或者傍晚常常会去那里溜达，低头挨个看。这是十几年前的事情了。

十八年前，我就在这里遇见了一块碧玉的籽料。它三四十克重，有多大呢？五分之一掌心那么大吧。玉店老板是一对维吾尔族夫妇，他们站在玻璃柜台里面，用强光手电给我照这块碧玉的籽料。通透，碧绿，皮色带点儿黑，但瑕不掩瑜，玉肉的清澈度是极好的。

那时候商家卖籽料都是装在一个大盒子里，里面有上百个籽，来者随意挑选。

这块碧玉，毛孔天然而均匀。璞玉的意思就是这个了。我打眼，穿绳。拍照，然后寄给了我远方的家兄。家兄有个朋友是玉石专家，有一次他见了这块碧玉，竟然说，家兄家里的玉中，这一块是最好的。

那天我和西洲、高先生推门进入这个清凉的楼里，立刻兵分三路，各自忙去了。西洲看上了一串水红的项链。我又在找碧玉。然而碧玉籽料已经变得异常昂贵，价格几千元乃至上万元。因此，我开始寻找碧玉的山料。俄罗斯碧玉的山料翠绿、干净，但太干，与老和田玉没法比。因此，我宁可碧玉上有黑点，也要选择老和田的碧玉。我买下了一块和田玉牌，雕琢成了八卦图的样子，正好是一掌心的圆满。由于我们刚从特克斯八卦城回来，这一选择似乎与此次经历

老和田玉札记

契合。

那么高先生呢？他看中的都是白玉，而且是拳头那么大的，必须一袭纯白。"这块如何？"他问我。太呆，俄料。"那一块如何？"太水了，青海料，店家开价两万元。若是老和田白玉，应该在七八万元。所以我建议他不要买。

高先生说，他就想买一块带回去，放在书房，累的时候握在掌心温润清凉一下，多好。

于是，他又看上了一块好的白玉。十二万元，店家说。

高先生说，那么花十几万元买一块拳头大的石头回去，值得吗？

西洲已经花了两百元把水红的碧玺项链揣在了怀里。心满意足的我们便认真地陪高先生挑选白玉。

我们出了那个清凉大楼，去街边的玉店。一个很小的门脸，店主是一个维吾尔族青年，屋子正中摆放着一块如山的石头。高先生在店里挑选了很久，一块略略泛着青色、拳头大小的石头被他挑中了。成交后的高先生问我们，那么这块石头能做什么呢……扬手砸玻璃窗，对，就这个用处。

伊犁的活动结束后，高先生在乌鲁木齐的候机大厅里突然说，其实当时把那块两万元的白玉拿上就好了。

我心里想，买一块俄料或者青海料回去，有什么意思呢？

在我眼里，所谓的广义的和田玉，俄料、青海料、云贵川料、韩料，都是假和田玉。

店家们动辄就说百分之九十以上的透闪石成分当然就是和田玉了。一叶障目，能用这个成语反驳吗？真的和田玉只能是出产在万山之宗的昆仑山下和田一带的玉：一方水土出一方玉。

今天看和田玉行情说，目前市场上百分之九十的白玉为俄料、韩料、青海料和云贵川料。

这个数据惊人得可怕，同时说明，老和田玉已经稀有。

老和田玉札记

俄山料

在各个城市，古玩市场总是随处可见的。或者是一个大院子，或者是一条古老的长街，或者暂时占领水泥广场。

这种市场里旧兮兮、昏沉沉的物件铺天盖地、累累摞摞。它们看起来既有来历又来路蹊跷。怀着捡漏之心的人们在这市场里沉默地看着看着，也不知道是不是真的能看出名堂。

除了陶瓷就是玉。也有黄胄的毛驴，画纸肯定被水浸得黄了角，木头画框也旧得可以当柴劈了，框背后一定糊了"文革"年代的报纸。几乎每个摊子都有这样的墨驴。画得确实好看、拙朴、天真。我对家兄说："天！捡漏了。"家兄说："放心吧，只有后面糊的'文革'报纸是真的。"

然后去看玉。不懂高古玉，但是白腻的二手和田玉还是能识别出来的。这些玉石都是收来的。它们没人疼惜，花纹里积了污垢。玉的去向是看缘分的。这些玉石显然被时间遗忘了。其价格并不低，人们都知道是真玉，报出来的价格也就几乎没有砍价的余地。

还有别的玉卖。一块玉石，生米打成米浆那种颜色的白，高白，白卡纸的白，鱼眼睛的白；半个镯子是糖色的，黑色酱油的颜色，凿了一小片粗疏的小坑洼，意思是这是个籽料带皮手镯。令人惊讶，明晃晃地作假。

这是俄山料。

还有美其名曰俄罗斯碧玉或者加拿大碧玉。干净的绿，像印刷出来的暗绿。其实是用石头粉末加工而成的，加工时甚至在料里加入了黑点。

至于把石英石染成绿色冒充翡翠或者碧玉，把灰色玛瑙烧成红艳的南红玛瑙，用黑色蛇纹石做成墨玉手镯，都是不忍再看下去的。

现在很多买玉或者卖玉的人都会备有紫光灯。这灯算有照妖镜的功能，能立刻分辨出一块石头是否被烧、被注胶、被酸泡、被染色。

将和田玉山料打磨后，烧，上皮色，凿毛孔，假装带皮籽料，也是丑得不忍看第二眼。

清代盛行古玉造假，很脏的红沁迎面而来。

真的好的玉，有一种天然、坦荡、纯洁的神韵。假的不好的玉，邪气、妖气、脏气会流出来。

鉴玉和鉴人，一模一样。

火眼金睛从《封神榜》时代开始就很重要。

老熟

翡翠讲水头，老和田玉讲润、糯、脂。

其实行家更讲和田玉的老熟度。新手通常直奔白度而去。老熟的料反而多见于青白和灰白。白玉的熟度好，就是羊脂级别的了，微微发粉，发黄，发极淡的灰。一级白、二级白依然会有愣生生的感觉。

何谓老熟？纤维交织结构发育完全，肉眼几乎看不见任何结构，肥腻高脂，打光只见淡淡云絮。

观其皮色，红色趋向于黑。千年红，万年黑。再观其形，籽料因在河水或者干滩上冲刷、滚动时间太长，已经变成抓起来很顺手的长圆状。毛孔也因千万年的自然打磨变得细微而柔和。

这也是近十年青玉陡然升值百倍的原因。青玉是和田玉中韧度最高的玉种，被称为钢玉，密度大，老熟度好，雕刻出来的器物雄浑大气，古朴凝神，充分展现了和田玉"玉中之王"的气度。

懂得玉的美德和魅力的人，最终会为玉的老熟范儿所倾倒，而不再局限于关注色泽的白度。

大有来历，就是这个意思了。

千玉千情

玉必有意。这个"意"指的是人意。一件玉器做成了，里面有特定的含义、指向、用处，通灵、敬神、侍君、护国、比德、装饰，以及其他实用功能。

在古代加工一件玉器，玉都是璞玉，来了，先去掉外皮，单留玉肉，该做什么做什么。中古和近古，偶有一件玉器留皮色，以显返璞归真，或按玉原石的样貌和走向，精雕细琢，做一件符合玉的自然意的器。

现代人喜欢璞玉，唯籽玉为贵，好原石不雕也成器，不琢也有意，不是人意了，是玉的自然意。《红楼梦》里五色花纹缠饰的籽玉，就是一个富有自然意的玉件。谁也动不得它。玉的自然意志过于强大时，人这刀斧手是下不去手的。

一块籽料的形成要千万年，上亿年，一袭毛孔就是真身，浑厚的圆边是意志的洪荒砥砺所成就的，千锤百炼后残余的碰口是拈花微笑意。

这块有脂感的白玉是山流水料。万万年之前，它从山矿体剥落，滚进和田白玉河上游，被漫长的岁月冲刷，终于变得只有二十九克重，一身毛孔，玉肉凝粹。

适合佩戴的籽玉要呈扁圆状，又不失浑厚。这块籽玉的样子像银锁，我就索性送去银匠那里包银，配一颗实心银珠，这样便成为一个吊坠，仿佛是一把锁。玉必有意，千玉千情，它就只想做一把银锁，愿心灵的盛世太平与我共享。一个人的心是对的，简素的日子也蜜里调油。

好玉不是人找来的，都是玉找人。玉说，我来了。我打开门看见它。它说，你懂我。我点点头。和玉做好朋友多年，不语不笑，方是不俗。

熟糯的玉温润而泽，仁也。

刚毅的玉清越，自在自坚，乐也。

缜密的玉气如白虹，与天接应，肝胆可天鉴也。

任何一块玉，都自有它所独特偏向的美。有的伶俐清澈，有的成熟稳重，有的拙朴孤僻，有的温柔敦厚，有的自爱自怜，有的优雅，有的豪迈，有的包容。千玉千情各自鸣。

唐代武翊黄有诗句："缜密诚为智，包藏岂谓忠。"这句诗的意思是：大智慧者坚持诚实并细致入微；大忠良者从不包藏。这正是瑕不掩瑜、瑜不掩瑕的落落大方。

十籽九裂。籽料中亦会有天然形成的瑕疵：水线、细如毛发的笤纹、白棉点、黑点、玉花、浆、窜糖窜僵。若做雕件，匠人会构想出最合适的图案，在雕琢过程中巧妙地去除瑕疵，留下上好的玉肉，让玉大放光芒。

籽料制作的手镯，留皮，明确其本真身份，玉肉中可见杂质，但触摸时其油润质地、温润感令人珍爱。瑕和瑜坦然共生共在。玉德之一，忠实。

乳化玻璃伪造羊脂白玉。此种制品经打光看无任何结构和杂质，但细细观察会发现其隐约起泡，且不沉手心。大伪者面光，几乎无破绽、无缺点。这样的玉和人都是要让人起疑心的。

这个"禅悟"用的是青花完籽，玉肉极其缜密，凝如蜜蜡，淡淡的墨色如青色的朝霞，宇宙之光，真是适合塑造一个虔心人的品质。

安静、忠良、智慧。

良
玉

其实辨识玉的真和好，重在比较，要多见，如同识人，要去浩如烟海的过往典籍里，辨识高人义人。心中有了他们做标杆，再看所遇见的人，便可以因比较而做出较为正确的判断。

良人有共通的气度和心底。莠者之眼神举止言语行事，亦是一脉相承的；良人令人放心，因其本质有着天然的美德，即便瑕瑜并存；莠者则令人难安。

这是一块雕琢成兔子形状的纯洁无瑕的和田白玉。它可是大有来历的。视之白如梨花，亦如凝雪，脂润、高份、清爽，打光不见一丝儿结构，半透，有轻轻匀和的粉雾弥漫其间，透闪石的晶体隐隐约约，紧紧地交织在一起，似有而无，似无而有。这块和田白玉软中有韧劲，坚毅中透着和气，置手心，沉坠，让人想到乐府诗《白石郎曲》（二首）里的白石郎。

（其一）

白石郎，临江居。前导江伯后从鱼。

（其二）

积石如玉，列松如翠。郎艳独绝，世无其二。

白，鲜洁的艳。独绝，独艳。兔身上有籽料特有的碰口打磨后的痕迹，两三个，像月球上的陨石坑洼。这是一块籽料雕琢成镯子后剩下的边角，正好做一只玉兔。产生碰口和裂隙，都是籽料十之八九的真实命运。一个传奇人物的一生，自然也是充满了惊涛骇浪，然而内心的纯良持之不改。

老和田玉札记

火山吐玉

　　和田玉中有毛孔细密幽微的籽料，是因为山中玉石自然剥落，滚入大河里，经千万年打磨，终于成为今天颐养天年的安闲样子，也是因此，这些玉石的皮薄且如丝绸般光滑。

　　然而，同样是天然籽料的辽宁河磨玉，其皮较厚。它是山流水料的进一步。俄罗斯和加拿大也有经山流水后形成的籽玉，亦是厚皮粗重的身姿。

　　因此，和田玉籽料如果在前一步是山流水料，那么在后一步形成的模样应该是河磨玉的样子。

　　莹润鲜洁、横空出世的和田玉籽料的来历，与昆仑山的火山运动有关：玉石因为地壳剧烈运动，从火山口喷出，落地后形成熔融状态的石液，随后凝固，再以千万年水的冲刷，经石阵的滚动、风的拂拭，终于演变成千娇百媚的和田玉籽料。

古生时代的昆仑山地壳运动最强烈，海域下沉，大山崛起。《山海经》卷二的《西山经》有言："南望昆仑，其光熊熊。"南朝周兴嗣的《千字文》说："玉出昆冈。"

昆仑山，被视为人类始祖伏羲和女娲的居住之地，有当年天倾西北和女娲在昆仑山熬炼五色石补天的传说。据说那时这里是远古地球的中心，后来地壳运动，成为离天最近的地方。

和田玉的四大采集地，沿昆仑山脉，自西向东，分别为叶城、于田、若羌、且末。它们环绕在塔里木盆地的南部边缘。

叶城在古代被称为叶尔羌。这里的山料青花玉较多。细腻的颜色如芝麻糊，粗糙的则颜色浓重，粗野，黑灰白搅混在一起，常见大黑点或者团状的墨斑，频现银沙纹路。敲击时发出的声音沉闷。叶城青花，是山料玉中的一个典型。

于田一带出产的青花玉，则多是籽料。黑白分明，细腻，白如羊脂，墨如凝墨，有山水艺术之美。著名的喀拉喀什河和玉龙喀什河就在这里。于田被称为"白玉之乡"。于田也有著名的黑山料。

若羌的黄口料十分优质，呈现出暖洋洋的黄润色。楼兰和米兰两座古城就在这片区域。

且末的玉产量最大，包括糖玉、青玉、白玉。这里的黄口料比若羌的颜色淡些、冷些，呈黄绿色。但且末的黄玉质量最好。

籽料主要分布在河谷一带，而戈壁料则主要产于旷野之中。白玉、青玉、黄玉、墨玉、糖玉、青花、碧玉，叶城、于田、若羌、且末皆出，各有自己的特点。

然，君须记，周兴嗣在《千字文》里也说："尺璧非宝，寸阴是竞。"

玉
德

"君子于玉比德。"

"君子无故，玉不去身。"

这两句话放在一起看，就懂得了其中意——君子佩玉，每日每时以玉德监督和矫正自己的一言一行。

古人云："无德则败，有德则昌。"

天下玉种何其熙攘，为什么古人偏偏只赋予老和田玉以德？

宏厚。这是和田玉区别于其他任何一种玉种的首要特点，坚韧的物理特性塑造出和田玉的宏厚质地。

温敦。这是和田玉的半透、脂润散发出的独特光感，不通透，也不如钻石耀眼。

坦荡。观其外便知内，大部分不存在翡翠的"赌石"。

不伤人。玉肉即使有尖角，触碰上去也是柔腻的、温和的。

清越。和田玉舒展，令人愉悦，似天籁之音。

缜密。和田玉几乎不易被彻底侵蚀、摧毁，即使深埋地下一万年。

广见于先秦典籍的"君子"二字，特指有追求，洁身自好，有操守，正气集于一身的男子。只有这样的人才有资格发号施令治理国家。王安石曾言："故天下之有德，通谓之君子。"

然孔子也说过："吾未见好德如好色者也。"

古代贵胄佩戴玉蔚然成风，未见几个好德如好玉者也。

但天行健，君子自强不息。任何一个时代都会有卓尔不群者，认真思量德，爱戴德，谨守德。

《诗经·小戎》有言："言念君子，温其如玉。"

皮

和田玉籽料的皮，是一个很关键的字眼。

掌眼、打眼、走眼，这些行话主要针对的就是辨识籽与非籽、古物与造假。

籽料是世间最珍贵的玉石之一。它们与伏羲、女娲、西王母存在于同一时代。转眼诸神隐匿，人类的物质文明或曰物质贪婪破坏掉地球上绝大多数的美和好，唯有一个个至坚至美至独立的籽料依然莹润鲜洁如初，携带着洪荒气息至今蹲守人世。《红楼梦》说它"五色花纹缠护"，其实就是指籽料的皮色。

白皮。玉的质地格外紧密，没有裂隙和碰口，水中氧化亚铁无法侵入或渗入玉石，只留下一个完整的白玉表面，只见细致、光润的毛孔自然地包裹着整块玉身。

洒金皮、红皮、熟梨的黄皮、鹿皮、褐皮，都是以红为基色的皮色，是籽料的重要特征和一部分。

皮色会随裂隙进入玉肉里，纹路自然，如墨进入水的刹那，舞动出的霓裳姿态。

所以假皮很好辨认：无色根，无过渡色，颜色浮在石头表面，人为制造的毛孔内壁粗糙、蹩脚。

随着岁月的流逝，红色皮会成为黑色皮。这样的玉肉老熟，即使发青发灰，也是玉中的极品。

籽料也可以有磨光的处理方式，将最外层的杂质和毛孔全部去除，但皮上浸染的花纹使得一块完籽更显美玉的特质。

有的籽料可以做几个雕件，每个都保留一点皮色和毛孔，表明真身。

完籽满皮，无杂质，其实就无需雕琢。它的自然和天真的气息展现了最高级的艺术风格。

用俄白玉山料打磨成鹅卵石状，染上黄红色并凿细密毛孔，切片，雕刻玉件，留小半个指甲那么大的假皮，这样的石头充斥着玉市。和田籽料已稀有。

珠

玉珠。用玉琢成的珠。珠圆玉润。大珠小珠落玉盘。

《晋书》卷二十五《舆服志》："后汉以来，天子之冕，前后旒用真白玉珠。"此句里强调了"真""白""玉"三字。真玉和非真玉，古往今来早已成为一个课题。

良渚文化的晚期出现了素面玉珠。在春秋战国时期，人们开始制作勾云纹和卷云纹的玉珠，而汉代则流行弦纹珠，以和田玉雕琢。

二十多年前，乌鲁木齐大小玉店的玻璃柜台里有大的和田青玉珠子穿成的项链。这些项链呈浅青灰色，圆润、老气，适合老年人佩戴。普通的一百元一串。个头大些、油润些，玉肉里几乎无玉花、水线、白棉或咎裂的，三五百元。

现在的玉店里也常见到摆放在柜台角落上的大串玉珠项链出售。然而这些已经不是和田青白玉了。那时候青玉、青白玉都太普通了。现在它们都成了稀罕物了。替之而来的是俄料、韩料、青海料、岫玉、南阳玉、阿富汗玉。

二十多年前，其实并不是久远的时代。那时候黄口料手镯、青玉手镯、糖玉手镯，也是大串大串地拢在柜台上。

俱往矣。一只干净油亮的黄口料手镯，早已成为精品置之高阁。红糖水似的糖玉手镯，对普通消费者来说，就是天价之物了。

和田玉行情说，和田玉矿最多也就只能再开采一百多年了。至于优良籽料，基本绝迹。也就是说，今日玉市上被俄料、青海料占据的比例已达九成，可能再过五年，这一比例将超过百分之九十五以上。

白玉珠，颗粒大些，更适合儒雅的男士，做手串。

黄玉珠，适合丰腴白皙的女性，做项链。

碧玉珠，一定要用老和田碧玉或玛纳斯的碧玉雕琢，取其老熟油润。颗粒不妨略小些，配三五颗南红珊瑚、青金石、绿松石，青年女子可拿来做盘成三圈的手链。

青白玉珠，一泓秋水照人寒。

青玉珠，适合老年女性，做项链。

墨玉似乎不太适合做珠子。青花玉倒是适合做手链的，取其龙腾虎跃的典雅墨色。

若将籽料切开，窜糖窜僵较多，这既不适合打镯子，亦不适合做把件、吊坠和摆件，那么就只能车珠子了，将其中的细腻玉肉全部派上用场。

既然是籽料珠，它的温润度和宏厚度都是优于山料的。像切土豆一样，切片、切条、切方块，机器打磨、手工打磨，机器抛光、手工抛光。

手工工夫下得多的珠子，是可以感觉出来的。那一颗一颗的珠子温敦拙朴。车一颗珠子出来，是很辛劳的。从小山一样的珠子里挑选色泽、润度、纯净度一致的珠子，穿成项链或者手链。

将大圆珠那么大的天然籽料开孔，做成手链和项链，这籽料经亿万年的水和石头打磨，其表面的花纹和颜色是天工。

石英玉

　　金丝玉，新疆北部准噶尔盆地乌尔禾方圆百里，以及额尔齐斯河流域，多此玉种。无矿，皆完籽。相较于和田玉，价格极廉，旅游景点多见：镯子、挂件、把件、摆件、原石。色泽有金黄、红黄、芒果黄、黄白、鹅黄、粉红、白、褐。观其外形，亦有一层皮肤和肤上的毛孔，然毛孔坚硬死板。手握之，如有厚蜡。仔细视之，玉肉乃石英石质，粗糙，可见含云母的银沙，有水纹或者萝卜纹。性脆。

　　金丝玉与云南龙陵小黑山的黄龙玉极其相似，都以黄色为基调，石英石质，纤维结构，内有萝卜纹。黄龙玉是山料。

　　石英家族的玉还有水晶、玛瑙、玉髓、树化玉等。

严苛地说，石英家族的玉，就是玉化的石、石质的玉。

虽然石英家族的玉和和田玉都是石中之美玉，但和田玉已发育成熟，为真玉，自古以来唯一以"真玉"命名的玉，是老和田玉。

唐小姐

我和唐小姐闲步粤汉码头，灯火通明，江城明珠豪生大酒店附近开了几家奢侈品店。

"看看。"唐小姐说。

玻璃柜台里，有翡翠和白玉。唐小姐说："有玉。"

我的眼睛近视，但隔着玻璃看玉，竟然瞬间变得火眼金睛起来。那白玉雕琢的镂空圆玉璧，一掌眼，便可发现玉肉水透。我向唐小姐指出了玉璧上的一处——磕差（cī）。这是我自己发明的词语。我说，玉若不够缜密、油润，刀口的边缘就会出现这个，是玉起了性，断口面粗糙不平，需要抛高光才能处理好，才能掩藏住玉肉的疏松。而老和田玉不用抛高光，自然地打磨后，就显出玉肉最本真也最优秀的质地。

当然，若雕工不细致，和田玉和翡翠也会出现磕差，专业用词叫崩口。祥夫先生那年去新疆，被一家玉店里耀眼的玉器闪了眼睛，他所寻觅的是珠光，于是惊叹现代的玉怎么都失了魅力。只怪俄料和青海料常使用抛高光的方式，以吸引不懂玉德的人。

"这是青海料。"我对唐小姐说。

店老板在听我们说话，看了看我佩戴的玉，默不作声。

说起玉知识，祥夫先生夸我，有那么些独绝的知识呢。

但是，玉知识一旦被用于比较，人会觉得自己的品位和修养似乎变得庸俗和市侩。本来是雅致的学问呢。再，玉知识被用于普及和传播，人竭力想让听者懂得老和田玉如何如何好，也不由得滑入了虚妄和矫情中。老南红、老琥珀、老绿松石、老珊瑚、老青金石的好，也是令人眷念缠绵的。

在凉爽的夜晚，唐小姐的车驶入了我家的院子，我们喝茶，深夜的疲倦最终袭来。我抱着大猫儿去院子里送她。她虽然绝色，但却能保持一颗平常心，并展现出豪迈的身姿，而非丽人的矫弱。

懂得玉的好处，却说不出来，不忍心说出来，一说就错，一说就亵渎了。对人，也是这样。

南
红

古代，南红来自两个采集地，云南保山和甘南的迭部。保山老南红矿料于晚清绝迹。迭部的南红到了20世纪80年代也基本绝迹。佩戴南红琢磨的饰珠在从西周至战国再到汉时的良渚就已经盛行了。如今流传下来的老南红，或者是文物，或者是保山和迭部料。这些老南红的质地极佳，由内而外，肉道、筋道、骨道，浑厚饱满，色泽油润，皮色有天然的风化纹包浆和佩戴摩擦所形成的包浆。此种自然力道，是老南红的魅力所在。

经追溯发现，保山和迭部的南红，都有籽料，尤其是迭部。同和田玉一样，南红的籽料比山料品质优异许多，总是经得起几千年的时光考验。这些经历过摔打、滚动、风蚀、日照的矿料，在渐渐形成圆满皮层的同时，成为一个个独特的精灵。它们每一个都独一无二。

保山南红主要产自崖矿。徐霞客先生写过：

> 上多危崖，藤树倒罥，凿崖逆石，则玛瑙嵌其中焉。其色有白有红，皆不甚大，仅如拳，此其蔓也。随之深入，间得结瓜之处，大如升，圆如球，中悬为宕，而不粘于石，宕中有水养之，其精莹坚致，异于常蔓，此玛瑙之上品，不可猝遇，其常积而市于人者，皆凿蔓所得也。

石头神奇地如瓜般生长——天工所为。

2000年后，人们在四川凉山和宜宾发现了南红。然而，如同俄料和青海料被划归为和田玉的范畴一样，南红玉也需要以一种被称作神韵和神采的标准来衡量。结果显示，后来发现的南红远不及保山、迭部的，即使它们的成分完全一致。

市面上伪造的南红甚多。用火烧浅色或者灰色玛瑙，使其呈现大红色。伪造的南红通过两点可辨识：一是打光见珠子表面有火劫纹——细短如毛，交错纵横；二是珠子穿眼的口有色差层。这种火烧玛瑙的价格在几百元到一两千元。而真正的南红玛瑙，尤其是老南红，价格非常昂贵，等同于优质和田玉籽料的市场价格。

和田玉中的红玉只有籽料，而这种籽料早已绝迹。南红在古代被称为赤玉，中国人自古以来尊崇红色，老南红弥补了人们对吉祥意义和喜庆氛围的渴望。

在凉山的美姑县发现了南红之后，许多贫穷的人涌入大山寻找宝物。植被和山体被破坏，山神不语，天地山川黯淡。

人们对美丽石头的渴望和占有欲，赋予了这些石头以美德的象征，教化人类。然而，现实中尖锐的矛盾也呈现在人们的眼前——玉龙喀什河和喀拉喀什河近百年来被挖掘机破坏得满目疮痍，已经溃烂，不成河谷。

甘南迭部，我曾经觉得这里离我很遥远。就如良渚，我曾因猫君，机缘巧合，深扎在那里两个月。而迭部，我曾经写到玛瑙时不禁遥思——那是神秘的藏地，赤玉来自那里，后隐踪。

市面上讲的老南红珠子，指的就是用甘肃迭部南红制成的珠子。这个地方现在不产南红了，只是有文献记载这里曾经产南红。

甘肃迭部老南红珠子的特点：包浆、有风化纹，密度异乎寻常地高，质地厚实，色域窄，基本只有大红色和橘红色。

老和田玉籽料乃真玉，同样，唯有迭部南红和保山南红的玛瑙才能被称为赤玉。甘南红与滇南红的老矿脉在清朝末年就已经枯竭，平日里那些我们仍可遇见的老南红珠子可上溯到宋辽时期，甚至更早。

自战国、汉代至明清时期，甘肃南红玛瑙一直被皇室、佛家和藏民所珍视。稀世的珍品、极品主要用于皇室的玉管、活佛的念珠、朝官的朝珠等。

其他产地的玛瑙只是玛瑙，都无法升级为赤玉，即使是古文玩，也只能被称为糖球或其他。玛瑙的产地有新疆、甘肃、宁夏、河北、四川、云南、内蒙古等很多省份、自治区，还有印度、巴西、美国、墨西哥。

赤玉的成分是二氧化硅，即石英。它的抗压韧度相比和田玉的100，只有5。但赤玉的优势不在韧度，在于硬度、密度、色泽和油润度。能够与和田玉的油润度比肩的唯有赤玉。古人热爱赤玉的原因，一是红得浓而盛，二是润得厚而贵。这种色调在藏民生活中具有正大庄严、吉祥稳重的意义，因此备受喜爱。

"果真再也没有新的赤玉了吗？"甘南画家王先生突然打开话匣子："20世纪六七十年代，迭部开采铀矿，遇见赤玉。懂的人纷至沓来。一小块可以卖到十块钱。开挖的，捡拾的，收购的，一时热闹非凡。矿脉很快就被坚定地填埋了，因为当地藏民的反对。理由是不可在神山挖出赤玉。"

王先生说："甘南处处有神山。"

那么，我和阿舍安紫在甘南藏族自治州合作市遇见的赤玉，定是20世纪六七十年代开采出来的。它们被打磨得很随意甚至过于粗率了，南瓜型、圆珠型、桶型、柱型，刀劈斧砍，不古不今。但是它们确实拥有岁月积淀的浓红、玉的油润光泽，抚之滑籁，包浆浓郁，磕纹显得沧桑。南红玛瑙在古代被用于入药，养心养血，信仰佛教者认为它有特殊功效。佛教七宝中的赤珠（真珠）指的就是南红玛瑙。今天的南红玛瑙，已经同和田玉、翡翠形成三足鼎立之势。

有一种叫做红碧石的石头，因其成分与南红无二，所以常常被商家用来假冒老南红。红碧石其实是南红的伴生矿，皮色一致，肉色一致，那么如何分辨呢？红碧石无南红的缠丝纹，无南红的胶质，无南红的玻璃光感。也就是说，红碧石虽然也是红彤彤的，但是石性十足，不温润，不凝粹，不透光。红碧石的籽皮光滑且有指甲纹，这与卡瓦石相同，而南红的籽皮只有坑点。红碧石是石，粗厚若鸡肝。南红是玉。

赤玉没有了。我们因为来到甘南而遇见六七十年前世间最后掘出的赤玉。我们在拉卜楞寺遇见的屋墙，就有赤玉的颜色，橘红偏向大红。张存学老师说，仓央嘉措的老师——一世嘉木样活佛回到故乡甘南夏河，在康熙四十八年（1709）开始建拉卜楞寺。自此再也没有离开。

君子和美玉同生之地。

藏人不仅爱佩戴大颗的古南红玛瑙，而且热爱戴藏银首饰。

藏银是白银和白铜三七开混合制成的。老藏银会生蓝锈，如果是纯银的老银，比如苗银，会发黑但不会有蓝锈。

2016年一个大雪天的正午，我和翅膀在西大桥的奶茶馆见面，她在我对面坐下，唰地递给我一副完整的老藏地首饰。这是五年前她去西藏遇着并请回来的。

藏人对珊瑚、蜜蜡、绿松石、青金石、红宝石、南红玛瑙充满信赖，认为它们可以护身，还能带来吉祥安康和心灵富足。用这些宝石制成银镶嵌工艺的首饰，是家中女孩出嫁时必备的物品。

百年以上的绿松石珠子会有一层灰蓝或灰绿的稳重皮壳，柔和，内敛着珠光。真的绿松石上的铁线是沧桑内凹的。绿松石有天蓝色、暗绿色、天青色、白蓝色、古黄色，翅膀送我的这套首饰镶嵌的松石几乎用尽了所有该有的颜色。

松石和青金石做的小管珠已经风化，有的略有残破，红珊瑚的小圆珠崭新完好如初。血红玛瑙纯净如红宝石，可见内里的直角。

耳坠其实叫作耳盖，天体的圆是古代配饰永恒的主题，黄珊瑚配蓝色松石，地和天的颜色，绝配。

藏地手工老银饰的特点在于构件非压模，采用手工制作的附属件，通过镶嵌和焊接相结合。

因为喜爱，以至于夜晚也舍不得摘下它。半夜耳畔响起四五个单音节别族语言，猛然醒来，声音不复存在。声音是女声，铿锵急促，却没有令我心惊。

血色珊瑚、血色玛瑙、珠光松石、靛蓝青金石，除非你爱美丽的古物，否则几乎难以见到。

端坐一隅，沉浸其中，看淡人间是和非，究竟好还是不好，大约是好的，因为只有美和爱从来不是虚妄的。

藏地女子戴着盛大的首饰，穿着藏袍，真是健康的样子啊，如山如河，丰饶圣洁，如神的馈赠。

老和田玉札记

石包玉

和田玉的形态包括：山料、山流水料、戈壁料、籽料。其实还有一种，叫石包玉。籽玉埋在深深的河谷里，渐渐被石化，只内里的玉肉保存着。这就像剥开厚厚的荔枝皮，看见洁白的果肉。

石包玉是最合适被称为璞玉的玉了。璞，乃石皮。被石皮包裹的玉，乃璞玉。

辽宁河磨玉就包裹有厚厚的石皮。南红玛瑙的籽也有厚厚的石皮。翡翠的籽亦是如此。有形容一个人纯真质朴品格的成语——璞玉浑金。

和田的石包玉通常发现于玉龙喀什河和喀拉喀什河，金黄色的居多。但那金黄色是标准的石头的颜色，而非薄薄的玉皮色。这里的石包玉玉皮比一毫米还薄，并且有毛孔。

石包玉被雕凿后，可以看见内部石头和玉肉之间有丰富的沁色，黄色、红色、黑色、褐色。这些自然的沁色落在白玉肉上，有很古的韵味。用石包玉雕琢出一只青蛙来，那么这只青蛙比山料和籽料雕出来的更显坚毅。有种冬眠了一万年，乍然见了天光既沧桑又新鲜的感觉。

对于石包玉的琢磨，就不存在留皮这件事了。有取净肉的，也有以石皮为背景，雕出一个小物件的。

在石包玉中，一级白玉较为常见，羊脂玉也有。

它的样子看起来就像河里的一块鹅卵石，微微露出一块衣角那么大的玉肉。切开它，也许是满满的一捧玉肉，也许是一个角落的一丁点儿玉肉。这就像是翡翠的赌石。

判断，除了打光看透光度，掂分量也很重要。重，则容易出缜密的好玉。一件石包玉作品，更适合做摆件，再配个座子。石头和玉，先是石头被玉化，埋入深深的河底乱石和淤泥里，然后玉又被石化。现在它们和谐而完整地把前世和今生融合在一起，没有悲喜，没有遗憾。

开辟鸿蒙，天地玄黄，宇宙洪荒，独怆然而涕下的玉，就是石包玉。

老和田玉札记

　　这个青蛙雕件依然是喀什麦盖提那个手工匠人雕琢的。他雕刻的海水纹如波涛翻滚，让我一眼就认出这是他的作品。这个维吾尔族男子似乎很喜欢雕琢青蛙。上次他雕琢的那块青玉籽料，是一只青蛙趴在大荷叶上，下方有一泓涟漪，玉背面有一个大藕。南方人喜闻乐见之物，在一个维吾尔族男子手里活灵活现地面世了。这是一件奇异的事。

盘玉

在和田玉市场上，物色一块好的籽料，维吾尔族大哥会在掌心滴上核桃油，慢慢地搓起来，籽料在手掌和手指的摩擦中被渐渐唤醒。籽料表面的丰富色泽和美丽花纹，在微微透光的玉肉的衬托下，薄如蝉衣，焕若灿锦，如霞光如仙山雾霭。

盘玉，不过就是日常亲和、温柔、耐心地触摸玉石，万不可以急功近利地用油浸泡玉石、用白蜡煮白玉（掩盖玉内部的咎裂）。和田玉的独特之处恰恰就是它自身的油润质地。好玉放在那里，你可以看见它自个儿正在轻松地吐纳，滋滋地泛着温敦油光。

和田玉讲究洁净。用一双很干净的手，一方很洁净、柔软的小白巾，清洁它们，养护它们，喜爱它们。轻拿轻放。天长日久，佩戴的人也变得温婉起来。待人、接物、处事、审视内心，以玉的德要求自己。盘玉，让人收敛心神，去愚蠢、野心、浮躁、骄纵和烟火，有所思，之后顿悟，所谓一念之间立地成佛，玉可以帮助困扰多多的人最终找到快乐。

近来，人们热衷于红皮白肉籽玉。大者如核桃，小者如指甲。这种玉只有一层光洁的毛孔，玉肉白若凝脂，皮色艳若正红色的花瓣，不可雕琢伤宝，做挂件或者戒面即可。"盘活一块美玉"这句话用在红皮白肉籽玉这里就很贴切了。因这样娇美的玉的皮和肉皆是活的，不见一丝儿僵。一块非美玉是无法盘活的。死皮死肉，说的就是玉的无神韵。不得不再说一遍，广义的和田玉缺乏的正是这生动灵性。

籽料雕件所留下的皮犹如巧雕，在整块玉件上起着点睛之笔的作用，宛如它独有的闲章，而非人为的印章。近来在白玉上刻胭脂印章也很流行。紫砂壶底有一枚匠人的印章，金石与陶器的结合是不错的。而金石与白玉的结合，这种矫揉造作的匠心，终究是不伦不类的，因佩玉本追求的就是自在天然和无羁的任性。

盘了半年的碧玉会有一层冰糖般的皮壳，就像冰糖葫芦有着透明的外层，又像封冻的河心，从上往下看时，可见幽绿深邃的河底。

我喜欢碧玉籽料的丰富视觉效果。我不会说这是杂，这是自然。如同保山老南红、甘南老南红，无裂不南红，无论是它们的裂隙、结疤，还是错综复杂的层次，在我眼里都是美丽的。我特别喜爱那流动的醇厚质地，而非单纯追求色彩。

色即是空。其实色连空都不是。色是浅薄、市侩、狡黠。

每一块玉的包浆皮壳都不会一样，这种冰糖皮壳，我还是第一次盘出来。用同一块籽料所制成的另一块大平安牌，盘出后呈现出一种油润的光泽感。

盘玉当然需要意念的引导，懂得，爱惜，盘摩，对语，而不仅仅是物理施加。玉充满灵性，当你欣赏和赞美它，成为它的知音，它就会华光满溢，如同一朵百合香气四溢。

老和田玉札记

玉山子

　　玉山子始于宋，起势于元，鼎盛于明清。乾隆时期著名的万斤青白玉山子，从昆仑山运至扬州，被匠人雕琢成大禹治水的场景，完成后请入皇宫。玉山子的雕琢有炫艺的成分在里面。晚清，大块的璞玉难觅，玉山子渐渐式微。

　　玉山子都是选用完整的璞玉进行雕琢。取玉本身就有的态势，架构上山水、亭台、人物、小路、草木，水中有小舟和轻波，山顶有白云缠绕，甚而还有夕阳若隐若现。庄重加祥瑞，避世内蕴加神仙品格，是玉山子带给一室的倚靠。

　　修禅修心的意味、精微可爱的美学追求包含在其中，极度吻合唐代王维的诗境：

独坐幽篁里，弹琴复长啸。

深林人不知，明月来相照。

空山新雨后，天气晚来秋。

明月松间照，清泉石上流。

行到水穷处，坐看云起时。

偶然值林叟，谈笑无还期。

空山不见人，但闻人语响。

返景入深林，复照青苔上。

人闲桂花落，夜静春山空。

月出惊山鸟，时鸣春涧中。

寒山转苍翠，秋水日潺潺。

倚杖柴门外，临风听暮蝉。

荒城临古渡，落日满秋山。

迢递嵩高下，归来且闭关。

山中相送罢，日暮掩柴扉。
春草明年绿，王孙归不归。

下马饮君酒，问君何所之。
君言不得意，归卧南山陲。
但去莫复问，白云无尽时。

飒飒松上雨，潺潺石中流。
静言深溪里，长啸高山头。

入世乎？出世乎？两难乎？隐居山林做小神仙，是中国高人几千年来的理想之一。

有人认为，王维是中国水墨画的鼻祖。不管王维是不是水墨画鼻祖，著名的《辋川图》正是一个如同环抱的小宇宙般的写意之作，与玉山子的表现方式契合。

通过有德之玉实现中国水墨画传统的艺术追求，这大概就是玉山子的理想吧。

我手中有一座用璞玉雕琢的玉山子，玉肉白里微黄，是为老熟；玉皮天然的色泽和玉肉的沁色都能够被巧用，给玉山子增添了风韵。黑皮之于礁石，红黄皮之于秋树和蔓草，以及璞玉经亿万年自然打磨出来的圆融形态，强化了这座玉山子所表达的山水田园精神和祈愿：

当时只记入山深，青溪几曲到云林。

春来遍是桃花水，不辨仙源何处寻。

乍口

乍口，又是我自己发明的词儿。如果说炸口，那是指向山料的。和田玉矿，夹生在昆仑山三千米至五千米内部。矿脉深邃，天路难开，遂采用炸药来开山取玉。所以，取玉是一件残忍的事情。歌颂玉的美好的时候，内心怎么能没有恻——和田的生态已经遭受了严重破坏，呈现出一片疮痍和苍凉。最近，喀拉喀什河支脉的一条古河道被关闭。原因一，确实掘地三千尺也无玉了。原因二，如果不关闭，挖掘机就会无休止地进入。大地呻吟，已了无生命的影子。

炸口，指山玉受到炸药爆炸的破坏而出现的裂隙。

乍口，指向的是籽料，取惊乍之意。一块完籽，打光通透，掂量沉坠，但依然存在风险。剖开玉身，若内部似裂非裂的细纹过多，那就是乍口太多。这些纹用指甲抠感觉不出来，但切实地存在在那里，也可以被称为玉石的石纹。比绺纹更为严重，介于裂和绺之间的形态。

乍口太多，即使制成镯子，品相也极其不好，基本无法售出。谁也不会在手腕上戴一个布满裂痕的镯子。玉料搁置在那里，没有什么用处。若没有剖开，可以做一个天然的玉石摆件。

还有最后一条出路——车珠子。毕竟是籽料，错开乍口，取出的玉肉还是油润饱满的。

虽然和田籽料没有赌石一说。但说到交学费，就是这个意思了。

黄
口

　　和田玉中有一种黄色的玉，因颜色略带淡青色调，而被称为黄口玉。它和黄玉都是原生玉。原生玉的意思，不是因为矿物冲入白玉而形成的再生有色玉。墨玉、糖玉、青花玉都是典型的再生玉。沁色中，黄沁和红沁也属于再生色泽。

　　黄口玉和黄玉只在于颜色的一步之遥。

　　古代人对帝王黄的敬畏和敬重，使得玉的黄色饱和度必须极高，才能被称为黄玉。

　　而在黄色上显得迟钝一步的，就被称呼为黄口。

　　这个大扁豆形状的玉石用的玉材是若羌黄口老矿里的料。它的特点是油润异常，老熟，缜密，打光观察无任何结构，呈现半透明状。最重要的一点，可见均匀糖色藏于其中。这是若羌黄口老矿料的重要特征。它带糖色，偏向于娇嫩的鹅黄色，但又可隐约看到淡淡青色。这种玉石琢磨出来的镯子，几乎就具备了黄玉的品相了。但因为对帝王黄的严苛认定，它也只能退一射之地，归类为黄口了。

黄口的产量很小，老矿又几乎绝迹，因此近年油润的黄口也很难觅见。

卖一块真玉则少一块，踏破铁鞋亦神伤。真正的和田玉收藏家和商家已选择囤货的姿态。在商机上，他们转战于广义的和田玉市场。俄料和青海料充斥于玉市。谚云："一日卖了三千假，三日卖不出一个真。"有需求就会有流动。懂得老和田玉美德和独特之处的人毕竟只是少数。

辽宁河磨玉也有黄口，质量极佳。因河磨玉也是籽料，自然贵重。

俄料、青海料也有黄口，昏蒙。

岫玉中有黄绿色调的，轻，透，有蜡感。

老和田玉讲究颜色饱和度和油润感，这一点非常明显地区别于其他玉石。无须用劲、用力地去盘玉，只要在闲暇时轻轻摩挲，它们便会焕发亲昵、泽厚而明晰的神光。

欧姑娘说："你们新疆那种蜜色的玉。"

我便知道她讲的是黄口了。

她说有一只蜜色的手镯如何如何。

因黄玉手镯你我辈几乎不可能遇见——《本草纲目》载东汉文学家王逸在《玉论》中提到玉之色为：

> 赤如鸡冠，黄如蒸栗，白如截肪，黑如纯漆，谓之玉符。而青玉独无说焉。今青白者常有，黑者时有，黄赤者绝无。

那么这种蜜色的玉只能是黄口了——接近于白的黄，蜜的颜色，同泛着淡绿色的黄一样，都称为黄口。

我很佩服欧姑娘，她竟然将蜜色这个词语给了黄口。

好得很。

玉精神

"一花一石如有意，不语不笑能留人。"

玉工若把玉的本意弄没了，则玉魂无存。在当代的玉件里，一个润泽的黄玉米，背后蓦然出现一串铜钱的花样。一个禅悟者的镂空小玉山子，修心的氛围里赫然出现一个硕大的多孔铜钱。三不猴的圆雕中间直着一长串铜板。更有一只手、一只脚、一件旗袍的领口。这些作品美其名曰"如来之手""知足常乐""古典美"等。岂不知铜钱和身体部位内含浊气，把它们强加给一块美玉，是为亵渎。

《红楼梦》里说："可怜金玉质，终陷淖泥中。"

再看每年玉器雕琢艺术展览上的精工之作，这些作品太过华丽了，只见机器雕刻技艺的娴熟，不见手工制作的拙朴，更无匠心里的天真憨实。它们陈列在灯火通明的展架上，作为炫耀和夸示的商品——贵胄可一掷万金轻易攫取，却没有德之化身的平易。

玉的精神，终究来说在于人对德和道的向往、玉所向的缘，共唤出宏大的生之愉快和清正。

这世上以仁德加身的唯麒麟和玉。二者都是孔夫子心中的至爱、至尊和至痛。

三国时期的《广雅·释兽》：

（麒麟）含仁怀义，音中钟吕，步行中规，折还中矩，游必择土，翔必后处，不履生虫，不折生草，不群居，不旅行，不入阱陷，不罗不网，文彰彬也。

《诗经·周南·麟之趾》道：

麟之趾，振振公子，于嗟麟兮！麟之定，振振公姓，于嗟麟兮！麟之角，振振公族，于嗟麟兮！

这段话的意思是：麒麟的蹄不踢人，振奋有为的公子，你们真是麒麟啊！麒麟的额不撞人，振奋有为的公孙，你们真是麒麟啊！麒麟的角不伤人，振奋有为的公族，你们真是麒麟啊！

孔子晚年时，鲁哀公"西狩获麟"，孔子见到麒麟已死，感叹道："吾道穷矣！"孔子所修订的《春秋》于此绝笔，故《春秋》别称《麟史》《麟经》，麒麟灭绝，大仁亡灭。

老和田玉被过度采集和精工饕餮至尽，厚德不存于世。

色相

喜好玉石色彩之美的人，占绝大多数。这和追求颜值的大多数人的偏好是高度一致的。所以，当年卞和抱璞玉求认可，却失去了双脚。懂得并敬重玉质内在好的人，在哪里呢？

玉的颜色从白到青白。可是，白和青白当真就有严格的界限，并因为越界了那么一点点就价值大减了？人们总说，和田玉以白为贵。介入采玉第一现场的人都知道，山料白玉刚开采出来，在阳光下，是泛着淡淡的青色的。切割琢磨后，分离出来的一层层玉蓦然就变得白皙起来，名曰"提白"。所以，白和青白原本就是描述同一个物件罢了！悦容貌调笑无厌的世人啊！

青色的玉，从青碧延伸到碧绿。

墨玉的颜色，则是青花到黑白分明。

淡淡糖色的玉到红糖玉到黑糖玉。

黄口到黄玉。

黄玉到红玉。

有人只爱质地缜密老熟的玉，无论颜色如何。玉德有五，或曰十一，单没有讲玉的颜色之美妙。

我们喜爱一个人，若能讲出他的内在品质好在哪里，才算是真的喜欢，而不是如数家珍把这个人的家世背景和前途罗列一通。

中年以后，稳固的喜欢，多么重要。这个喜欢来源于懂得其内德。

我用青碧籽珠和碧玉籽珠穿了一个手串，细细看着这些籽珠，哪一个都是令人爱的，并没有分别。

新疆的酥油和奶酪极其好，新疆的玉竟然也散发的是这样温敦的光泽。一方水土一方物。人到中年以后相信了很多规律，也因此有了诚和戒。

留皮

再强调一遍籽料的特点。

留皮，成为和田玉籽料雕件的必有标配。"籽料去皮，神仙难断。"这句顺口溜说明山料也有密度、脂分、润度可与籽料比肩的，而籽料也有肉质松、脂润度略差的。

是籽料，则意味着它的独一性。

独一，则珍贵。

所以籽料或者山料玉质的评判，要全方位考量。山料中曾出现过的95于田料，这是一种白润且缜密度极高的玉料。1995年爆破采掘后，矿脉已竭。如今已成为传奇。该种白玉雕琢的物件，少而贵。

籽料中石性大、穿僵多、乍口多、碰口深、裂乱的，几乎毫无价值。即使作为奇石，也缺乏简洁生动的美。

留皮，有留满皮、半皮和角落皮之分。完籽满皮，一个完整的籽料雕琢出来的一个物件；或者一个籽料雕琢出几个物件，每个上面都留有皮。毛孔清晰、光滑。

籽料雕琢的手镯会擦边留下一个斜面的皮肤切口。这个切口大约有指甲那么大，皮和沁的淡黄色或者洒金色若一角余晖。伪造的皮肤从来不敢留多，以为可以混淆视觉判断。

皮有原皮、加强皮、二上皮、假皮。

原皮指的是纯天然的皮色。加强皮是指用核桃油等物质来增强皮色效果。二上皮，用染、烧或者酸泡的方式使得皮色绚烂异常。假皮，则用俄料、青海料、和田玉山料打磨成卵石的样子，然后伪造皮肤的颜色和毛孔。

辨识它们，需要有经验，更需要有对一切诡异和蹊跷的天然感知力。所以鉴玉和鉴人，完全一致。

打制镯子后的边角余料也带皮，可雕琢挂件、戒指、扳指、把件等。它们就是留着一角皮的物件了。

玉山子讲究的是完籽满皮，呈现出圆融、完整、浑然一体的江山之美。若非完籽雕琢，则更适合被称作插屏或者摆件。

老和田玉札记

立体籽料只能手工雕琢。机器雕琢的对象都是山料的玉板。

这件作品雕琢的是小北极熊站在冰山上的场景，半皮，玉料为青花籽料里的白玉。冰山融化的水滴、小熊的天真无辜、大自然被人类糟蹋的忧虑，都通过这件作品表现了出来。我将它送给了笑笑，希望她常怀善心和纯真心。

好的玉工心里有美，有爱，有体恤，有怜悯。

带翠

汉代就有点翠首饰，这说明翠色为妇人喜欢，在很久以前就开始了。

何为翠色？翠色不可混同于碧色和绿色。老舍在《草原》中这样说过："到处翠色欲流，轻轻流入云际……"，也就是说，翠色是流动的、艳丽的、轻盈透明的，虽空灵若梦，却也实在确定。

点翠工艺里的翠色撷取自翠鸟的羽毛，翠鸟羽毛的颜色——至明、至艳、至鲜。

这种以猎取翠鸟美丽生命为代价的首饰到近代渐渐消逝。

翡翠的翠，是阳绿，是正宗的翠色。翡翠有满翠和飘花两种品相。自清末慈禧时代以后，翡翠成为可与老和田玉比肩的至贵之玉。

青瓷中有山峦之翠这种瓷色。翠在生活中起着提精神气的作用。汉代的蔡邕在《胡栗赋》里写下："形猗猗以艳茂兮，似翠玉之清明。"由此可见翠色还有清洁、明亮的特点。

明代陶宗仪《辍耕录·卷十七》："至有钮击破处，并不见铜色，惟翠绿彻骨……"翠，通透到沁人心脾和肌骨，如深深的河心在冬季里冻结后的颜色。

碧色与翠色对比，碧沉厚，人们喜欢用菠菜色比喻碧玉；翠轻快，如四月柳枝、五月草原、海浪之羽。

最早关于碧玉的文字出现在古埃及的《死亡之书》中，书里描述了一枚碧玉心形护身符。这枚护身符上面镌刻着咒语，来自约公元前一千三百年，距今三千多年。

中国古代关于碧玉的词语、诗句则更多：碧玉妆成一树高；碧海青天夜夜心；小家碧玉；雅淡轻盈如语，碧玉枝头娇处……更有白居易的俏皮："逢郎欲语低头笑，碧玉搔头落水中。"可见人们对碧色的喜爱，是由于碧比翠多出更多世俗男女的烟火气。

而绿色和翠色对比，绿的范畴广泛，有青绿、墨绿、灰绿、白绿等。翠指向单一。

既然翡翠中的翠色价值连城，可以试想若至尊和田玉中出了翠色，是否会有双璧和合的惊天之美。

　　老和田玉中出翠色，业内人是这样形容的：白玉带翠，百年一遇。

　　翠色，来自叫作铬的矿物成分。老和田玉里的籽料、山料、流水料，都曾出过带翠的白玉。

　　白玉洁若凝脂，翠色俏而争春，凝的翠色愈浓愈聚愈佳。

　　老和田玉中的青玉也会出翠色——在沉稳凝滞的青色上，一番鲜活流淌的翠色蓦然挂在枝头。

　　水线多、水透的青海料中广泛地存在着翠色。美中不足的是，青海料的白玉泛玻璃色泽，又略带灰的黯然。虽然俏皮的翠色使得青海料有了翡翠的魅力，但若用和田玉的标准来审视青海翠，其白玉的底缺乏凝脂油润，则少安然贵气。

老和田玉札记

红
皮

红撞绿，此种撞色用法，《红楼梦》里常见：

　　那晴雯只穿着葱绿院绸小袄，红小衣红睡鞋，披着头发……

　　宝玉只穿着大红绵纱小袄子，下面绿绫弹墨夹裤，散着裤脚，倚着一个各色玫瑰芍药花瓣装的玉色夹纱新枕头，和芳官两个先划拳。当时芳官满口嚷热，只穿着一件玉色红青酡绒三色缎子斗的水田小夹袄，束着一条柳绿汗巾；底下是水红撒花夹裤，也散着裤腿……

第六回凤姐"桃红撒花袄，石青刻丝灰鼠披风，大红洋绉银鼠皮裙"，第五十一回袭人"桃红百子刻丝银鼠袄子，葱绿盘金彩绣绵裙"，等等。可见国人对红和绿的钟情，自古以来便是，无论普通百姓，还是贵胄。

所以翡翠的翠色被人们广泛而普遍地喜爱，广普性是也。白色、紫罗兰色、墨色、黄色的翡翠，却没有这样人见人爱的待遇。

和田玉里有碧玉，与翡翠的油青相仿。

和田玉里有红玉，然红玉在古代就罕有。到了现今，说绝迹二字恰如其分。

和田玉里还有一种红色的玉，也可以说——玉上有红色。这就是玉的红皮色。

艳丽的玉皮有洒金、秋梨、鹿皮、虎皮、黑皮等多种色调。现在要说一种颜色最好看的玉皮：枣红皮。

顾名思义，大红枣皮那种深稳的红色，不褐不黑，虽艳丽但不张扬，虽不是大红色，却令人一见生出思慕之心。

市面上人们喜欢说，红皮白肉。此种籽料非常适合盘。盘到红皮通透润泽，白玉肉油润几欲溶化。石之美者，到了

老和田玉札记

它这里就变成名正言顺的称呼了。这种籽料像是一种很好吃的食物，比如焦红皮的煎锅贴、带有糖油的烤红薯、油炸红糖糍粑。

因为喜庆，所以喜爱。人人心里都想要的祥瑞——祥瑞从善而来，积善之家必有余庆。所以，善良的人才适合佩戴玉。因为善良，就有宽厚，有平安。日子自然越来越好。

玉是德的化身，麒麟是仁义的化身。能够与它们结缘的人，心里懂得德和仁的高贵，并珍视这些重要的品质。

玉皮的形成和水中的微量金属元素有关。若玉肉有微小裂隙，则可能会吸附并保存千万年所遇见的金属元素。它们越聚越多，玉又不断地被翻滚打磨，色素沁入玉肉，最后稳固下来。所以真的玉皮的颜色是深入玉的肌理的，且由外到内呈现出渐变和过渡的色彩，外深内浅。逢着裂的沁色则是外浅内深，而非表面漂浮。染色、烧色皆显鲜艳、浮夸而轻飘在表层。

真色，有力透纸背的视觉感，是天工的渍染。

红皮，里面不一定就是雪白的玉肉。玉肉有青白，有青花，有淡灰。甚至有的白玉里还有杂质，如灰黑颜色的渗入，像火龙果肉一般。白皮籽料之所以无艳丽皮色，是因为玉质紧密至极，竟然令金属元素无法"着陆"。只有在玉肉内部有渗入的机会时，才能产生艳丽色泽。那么一枚艳丽皮色的玉，若玉肉里有杂色，原因就在形成的逻辑中了。

是谓瑕不掩瑜，瑜不掩瑕。再说一遍。

玉工会用雕琢的办法，去除杂质，放大一块玉的美丽。

这块红皮籽料，经过雕琢，最后变成了一只红蝙蝠和一个如意，即"福来如意"。虽玉肉不够白皙，依然有些黯然的黑色调在里面，但人无完人，若对玉苛求，是不公也。搭配的是红皮小籽料原石穿的链子，真是火红一片。

红皮籽料雕琢的玉梳子，正好可以利用梳齿的缝隙去除籽料内部有杂质的玉肉。梳，舒心。梳子，带给人健康和清洁。梳子，陪嫁之物。玉梳子虽然不敢日常使用，但有古典的美学精神在里面。

伪完美

七八年前在乌鲁木齐，市场上突然出现了一批羊脂玉级别的镯子。镯子温润，细腻，无结构，泛凝重的脂色，带有独特的微微黄色调，若有若无。玉商涌动。上万元的镯子几乎被一抢而光。这样品相的镯子在当时的市价是五万元以上。

蹊跷的是，推出这批镯子的商人突然消失得无影无踪，或者说是逃遁了。

这批镯子后来被称呼为蒙外料。不懂的人以为是蒙古出产的玉，其实它的意思是蒙骗外行人的料子。

这种玉石是以和田玉粉做原料，通过加工而成的一种人工板材。这种板材经切割、打磨、抛光制成的镯子，放在手心掂量，分量感与真玉几乎无差别。肉眼观察，这种镯子并没有乳化玻璃伪造的白玉手镯会有的微小气泡，甚至硬度也与真玉一致，小刀难以刻划出粉末。送去机构鉴定，它的结构不是和田玉所有的纤维交织结构。

这种镯子成为生动的教材样本，至今广为流传。多少玉界大佬前去掌眼而被打眼。

与它相比，乳化玻璃假手镯、阿富汗玉假手镯，都"弱爆"了。辨别阿富汗玉的方法之一是轻轻掂量，并用小刀刻划，若出现簌簌粉末，则很有可能是阿富汗玉。

其实真玉再优质也会有结构。这种结构包括自然形成的微小光泽起伏，即谷崎润一郎说的"荫翳之美"；玉肉如同细腻的果肉，即使如荔枝白肉的精致幽雅，也会有它独有的肌理纹路。

如果一块玉料，竟能完美到连肌理都不存在，就要高度警惕了。同理，一个八方玲珑温柔圆融的人，也是不可信的。所以懂玉的人看见籽料的碰口、裂隙、沁色、水线、石花，反而备觉可亲、可信、可爱。

山料里缠绵的墨色或者俏糖色，都是人工无法伪造的。

关于假玉的伪完美，俄料的干、青海料的水、韩料的灰，如何在满满的玻璃柜台里用肉眼一个个察觉并判断出来，确实需要漫长时光积累的对比经验和对真玉的痴爱。

商场里的和田玉卖家使用的是广义和田玉概念，所以只要是纤维交织结构的透闪石，均作为和田玉出售。

白云在天

我们究竟要欣赏的是具有透闪石成分且呈纤维交织结构的玉种，还是心向往之——三千多年前周穆王走了九个多月拜会西王母所遇见的彼地彼山彼水彼白云下的美玉？《列子·周穆王》记载：

> 王大悦。不恤国事，不乐臣妾，肆意远游。命
> 驾八骏之乘……遂宾于西王母，觞于瑶池之上。西
> 王母为王谣，王和之，其辞哀焉。

西王母献给周穆王的歌谣是：

白云在天，山陵自出。道里悠远，山川间之。将子无死，尚能复来。

周穆王和唱：

予归东土，和治诸夏。万民平均，吾顾见汝。比及三年，将复而野。

西王母再叹：

徂彼西土，爰居其野。虎豹为群，于鹊与处。嘉命不迁，我惟帝女。彼何世民，又将去子。吹笙鼓簧，中心翱翔。世民之子，惟天之望。

临别时，西王母送给周穆王玉版三车，和田玉制品上万件。

汉代东方朔撰的《海内十洲记》记载：

周穆王时，西胡献昆吾割玉刀及夜光常满

杯……杯是白玉之精，光明夜照。

"白玉之精"，即今新疆和田最好的白玉。

汉武帝派人去西域勘察河源，发现：

> 河源出于宾。其山多玉石，采来。天子案古图
> 书，名河所出山曰昆仑云。

"昆仑"即不周山，人类的始祖女娲熬炼五色石补天
之地。

曹雪芹《自题画石诗》中说：

> 爱此一拳石，玲珑出自然，溯源应太古，堕世又何年？
> 有志归完璞，无才去补天，不求邀众赏，潇洒做顽仙。

内应力

借用一段业界对和田玉韧度的评述：和田玉是世界上柔韧性最好的玉种，其相对硬度虽然略低于翡翠，但绝对硬度即抗压强度和抗击打能力却仅次于黑金刚石，位居天然宝石的第二位，是钻石的十倍（钻石硬度特别大，是指它抵抗外力刻划的能力强，但它又具有脆性，怕重击，重击或跌撞后将会顺其解理破碎）、岫玉的四倍、翡翠的两倍。

举一个最典型的例子来佐证——兴隆洼文化距今约八千年，兴隆洼遗址是迄今保存最好的新石器时代聚落遗址之一，出土了玉玦、玉斧、玉锛等玉器。这些玉石，常年不腐，玉质如新。经检测，它们皆为阳起石、透闪石等软玉类，是来自辽宁岫岩的河磨玉。河磨玉与老和田玉相同，都以透闪石为主要成分，都是籽料。

古代流传到中原的和田玉只能是籽料。那时候的人们还没有爆破山料的本事（这个本事自然不是什么好本事）。那时候的人们都在月光皎洁的夜晚到河里踩玉、拾玉。那时候关于玉的画面是祥和的，没有残忍行径。

似乎到了河磨玉这里，我便可敞开怀抱，确信它的润度和美态都可与老和田玉比肩。亿万年翻滚而成的精灵玉，玉分子是活的、透的、灵的、熟的、润的、精光内蕴的，由内而外的气——玉德之中即有，气贯长虹。

而俄料、韩料、青海料、四川贵州料，因为是生的，所以干而灰。用力盘，它们的玉分子坚如磐石，纹丝不动也；有人说一块玉不好看，来路蹊跷，非真玉，用了"邪灰"来形容，实在尖刻，于心不忍。但事实又确实如此。有些人会认为玉越白则越优，其实不然。"高白"这个词语不会用来形容老和田玉。高白只俄料有，白卡纸的颜色，且易于起性——雕琢的时候容易起崩口——磕差的断口。真正的老和田白玉，微微黄，微微青，微微灰，油润沉静的色泽，手工雕琢时温润细腻的玉肉，绝少起崩口，工匠爱之。

真玉由于强大的韧度，所以才会常年不腐、精华不失、历久弥新，润乃天成；如此坚韧，所以"其声清引，若金磬之余响绝而复起，残声远沉，徐徐方尽"。

这些特点与它的毛毡状纤维交织结构密不可分，也与它作为籽料在亿万年间的翻滚磕碰充分释放出内应力密切相关。"匹夫之勇"四字送给籽料，真是合适。

《周礼》记载，"以玉作六器，以礼天地四方""以玉作六瑞，以等邦国"。和田玉是中国唯一的帝王用玉。始于红山、良渚、凌家滩、石峁、二里头、三星堆、石家河和齐家龙山，大量出现则始于商代妇好墓，兴盛于周穆王自西王母处载万只玉回中原后。

辨识

当一块玉突如其来地摆在你的眼前，如何辨识呢？

它从何而来？偌大天地间，来自天山东部的俄罗斯贝加尔湖，或昆仑山东部的青海格尔木，又或者是韩国的山城春川？2017年，湖南郴州发现新的广义和田玉玉种——青绿色的香花玉。这些玉石有着透闪石成分、纤维交织结构，但它们不是中国古老文化里原本含义的和田玉。

一看二闻三尝四抚。看——有无色根，有无漂浮，皮色是否能自然地渗入玉肉的肌理。通过染、烧、泡等方式处理的颜色用肉眼是可以觉察出来的。为何要闻？若有机油味，那可能是染色过程中颜色过重用机油抹去而残留的气味。也不可有蜡的味道——白玉中的炸口和咎裂，商家会用蜡煮的方式掩盖纹路，佩戴不多时日，那些纹路就尽显了。舌尖轻触玉，平苦，这才是真玉的味道。玉的导热快，所以抚之清凉，但它很快就会随着手的温度而变得温热起来。

对于未经伪造加工的玉石，如何辨认它们的产地呢？老和田玉的细腻、油润当一不二。俄料干白干绿。青海料水透，玉颗粒粗大。这个手镯是俄料的糖玉，糖和白混合如奶油色，干。这块平安扣是和田糖玉，色亮、润。

为何说到籽料，就几乎百分百肯定为和田玉？因为俄罗斯虽然也有籽料，但皮厚，且为僵皮，毛孔不明显，玉肉是干奶油的颜色，所以很好辨识。

目前伪造的和田玉籽料有很多。形状、皮色和毛孔都可以伪造，但深入玉肉的水草纹和钉子纹却是无法伪造的。水草纹，顾名思义就是如水草花纹的石花，可以在玛瑙和化石中见到。钉子纹，如同密密钉入玉身的黑色力道。

虽然玉讲究通体纯粹、洁净，但面对原料的稀少和伪造品充斥的现状，天然，就是王道，就是值得珍藏的真玉。水草纹和钉子纹，帮助人们判断出一颗玉石的真身。

我曾经有一块白玉籽。它的玉肉极其白皙清澈，色正而秀。和田玉也不是只讲脂润的。之前我说过有一种玉色刚毅的玉石，也是佳品。这块白玉籽之所以会被捡漏，是因为它原本是白皮籽，十多年前红皮、洒金皮正流行的时候，很多白皮籽被染色，美其名曰"二上"。现在扬州、苏州很多精工籽料雕件都是二上皮的籽料雕琢的。二上其实很好辨认，有毛孔，但艳丽的金红色若云漂浮，不凝神。

它们虽然本是真籽玉，有天然的皮和皮色、毛孔、沁色，但为了使它们更鲜艳、更夺目、更易于卖出高价，商家便人为地进行上色，便有了假和诈。于是十年后，二上皮的籽料渐渐被人冷落，商家也愿意低价转手。一股急功近利的热潮就这样渐渐退去。

但是，这些被人为上了色的籽玉中当然也有佳品。在这些籽玉中，依然可能隐藏着意外的收获。

我的这块白玉籽，怎样断定它就是一块天然的籽料？我在它的玉身靠近玉皮的位置看见了清晰的水草纹。这种纹路提示我，这是一块籽料。

被染色的表皮实在拙劣难看，把一块本是天然的好玉推入假和诈中，我直面它时，便有了既可憎又可惜之情。

据说可以用浸泡的方式让染色渐渐褪色。试过，效果不佳。或者把染色的皮打磨干净，重新整理玉容，只能用这种方式了。

行话说"僵边出细肉。"籽玉不仅有细腻如绸缎的皮，也会有僵。而往往这样的籽玉的肉却极其细腻温润。

所以，你如果看见一块玉上有天然的僵、石花、沁色、水线、死裂，不要嫌弃它，而应更深刻地理解一块内质温婉的美玉是如何经亿万年的翻滚走至今天——这种无惧和守护真实本质的品质令人钦佩。

红楼玉境

但见朱栏白石，绿树清溪，真是人迹希逢，飞尘不到……仙袂乍飘兮，闻麝兰之馥郁；荷衣欲动兮，听环佩之铿锵。靥笑春桃兮，云堆翠髻；唇绽樱颗兮，榴齿含香。纤腰之楚楚兮，回风舞雪；珠翠之辉辉兮，满额鹅黄。出没花间兮，宜嗔宜喜；徘徊池上兮，若飞若扬。蛾眉颦笑兮，将言而未语；莲步乍移兮，待止而欲行。美彼之良质兮，冰清玉润；慕彼之华服兮，闪灼文章。爱彼之貌容兮，香培玉琢；美彼之态度兮，凤翥龙翔。其素若何？春梅绽雪。其洁若何？秋兰披霜。其静若何？松生空谷。其艳若何？霞映澄塘。其文若何？龙游曲沼。

其神若何？月射寒江。应惭西子，实愧王嫱。奇矣哉！生于孰地，来自何方？信矣乎！瑶池不二，紫府无双。果何人哉？如斯之美也！

这是《红楼梦》第五回，贾宝玉神游太虚境所见之美景、美人。请君仔细留意这些字眼——白石、铿锵、回风舞雪、珠翠之辉、鹅黄、良质、冰清玉润、春梅绽雪、秋兰、松、霞映澄塘、月射。

这正是老和田玉之美：白石对应白玉；霞映澄塘对应红玉、黄玉；秋兰和松对应青玉；回风舞雪对应墨玉青花；良质，对应圭璋特达，德也；冰清玉润、春梅绽雪，对应温润而泽，仁也；铿锵，对应其声清越而长其终则拙然，乐也；月射，对应气如白虹，天也。

仙界，如玉之美也。

脂

和田玉"以白为贵、以籽为尊"？非也。只有内质的优劣是衡量一块玉的价值标准。何为内质？浑厚、油润、细腻、缜密老熟无结构，便是内质。

反向来说，一块白玉的白色之下也许正是类似于萝卜纹的松散纹理的玉肉；一块籽玉，也会存在干、石性人、缺乏灵韵等问题。

近三至五年来，曾经身价卑微的青玉扶摇而上：塔青，出产于塔克拉玛干县的黑青玉，因其质地细腻如黑绿色的绸缎、油润如黑色的石油从地底喷薄出来，从而闻名于玉界。该玉种已稀有。沙枣青，其颜色融合了沙枣叶特有的灰白色和青色，质地亦如绸缎般细腻柔韧。视之——分子间连接得圆融、紧密、顺滑；握之——分量感十足、油润、柔而坚腻。它堪称石之孕育出的慈厚者和完美主义者，虽然它们不是白色。

其实，描述一块美玉的截面如羊脂，强调的正是它所具有的脂的特征。也就是说，一块生冷呆滞的白玉，即使是白色，也不会是高等级的玉。俄料白玉中有高白玉，青海料中有玻璃般纯净的白玉，因无和田白玉特有的敦厚温润，所以无法堂皇地跨入老和田玉的行列。尽管它们被归类为广义的和田玉，但这也只是玉行业为提高"KPI"的刻意谋略罢了。只有懂得老和田玉具有孔子所言"十一玉德"的人，才会力挽狂澜，只把目光投向真正的和田玉。

"宁买青不买灰。"这句行话的意思是，白玉泛淡淡的青色，是可以买的，因为经过切割、雕琢后，淡淡青的白玉会愈来愈白，几乎就是白玉了。而泛淡淡灰的白玉，却不会在日光下出现归白的现象。

然而，经验告诉我们，泛灰的玉常常油润感十足。灰玉出老熟料，呈现出浅灰色的绸缎轻轻展开的视觉效果。

当人们对白玉和籽玉的玉相崇拜复归到对玉的本质的探看时，塔青、沙枣青、灰玉、墨玉的身价陡然地站在了山巅上，这种转变具有其内在的逻辑发展性。

老和田玉的颜色可分为：白、青、黄、红、黑。

碧玉归到了青中。

青花归类在黑中。

糖玉归到了黄、红中。

而灰，五种颜色的玉中都存在。

灰白——白中泛灰。也会有浅灰色的玉。

灰青——青中泛灰。

黄口——黄玉的伴生玉。泛灰、泛绿、泛白。

红玉已经绝迹。我无法想象红中有黯然灰的玉色。

青花——墨玉的一种。黑白分明中的白会泛灰，灰白色的玉肉时有聚墨，或者墨点，或者墨流。

玉在人们心目中历来是起日常生活的装点之用的。人们取其或明亮或艳丽以增色，也取其坚贞的品质，制成的器物，高贵大方，有耐久性。

白玉，纯洁、无瑕、温润，自古以来一直被视为珍贵之物。它具有儒家思想中的精神价值——"气如白虹，天也"。几千年前，玉就被人类赋予了神性——可祭天，可与天做沟通，可请玉护身。

老和田玉札记

　　而在冗长的玉德里，尽管"气如白虹"讲到了白色（这里的"白色"是一种泛指，无论什么颜色的玉，都可以气如白虹），但未对颜色的高低贵贱进行评判。玉德指向的是：

　　　　温润而泽，仁也；缜密以栗，智也；廉而不刿，义也；垂之如坠，礼也；叩之其声清越而长，其终则诎然，乐也；瑕不掩瑜，瑜不掩瑕，忠也；孚尹旁达，信也；气如白虹，天也；精神见于山川，地也；珪璋特达，德也；天下莫不贵者，道也。

　　这正是无论什么颜色的玉都应该拥有的优良玉质——浑厚、缜密、老熟、细腻。

　　所以，优质的灰色或者泛灰的玉，终有一天坐上玉殿的高椅并非难以理解——内涵才是真正的本质，外表并非决定品质的唯一标准。蒋勋先生出镜讲人生哲理，戴的是一块地道的灰青玉牌，那制式约是清代的。那青玉的色泽比豆绿再深些，是红尘中大多数男女不喜爱的，他们只爱明晃晃的白玉。我一看蒋勋先生戴的这块，就心中微笑：果真清雅。

　　李叔同《山色》说：

近观山色苍然青，其色如蓝。远观山色郁然翠，如蓝成靛。山色非变，山色如故，目力有长短。自近渐远，易青为翠；自远渐近，易翠为青。时常更换，是由缘会。幻相现前，非唯翠幻，而青亦幻。是幻，是幻，万法皆然。

天下玉石

我再次梳理一下各地名玉的主要成分。

岫玉，蛇纹石，呈细均粒变晶不达标的交织结构。

泰山墨玉，蛇纹石，富含磁铁矿及黄铁矿包体。

祁连玉，蛇纹石。

蓝田玉，方解石，蛇纹石化的大理岩。

南阳的独山玉，斜长石为其主要成分，还有黝帘石、绿帘石、透闪石、绢云母、黑云母和榍石等成分，呈颗粒状结构。

汉白玉，大理石。

黄龙玉，石英石，呈颗粒状紧密结构。

玉髓，石英石。

金丝玉，石英石。

黄蜡石，石英石。

阿富汗玉，石英石。

东陵玉，石英石。

玛瑙，石英石。

密玉，也叫河南玉，石英石。

翡翠，辉石族矿物，呈极细的纤维交织结构。

河磨玉，透闪石，呈毛毡状纤维交织结构。

和田玉，透闪石和阳起石，呈毛毡状纤维交织结构。

综上来看，只有河磨玉、翡翠与和田玉是达标的纤维交织结构。之前说过如果和田玉的韧性设定为1000，则翡翠为500，蛇纹石为250，石英石为10—20，玛瑙为5。由此可见，纤维交织结构的存在与否决定了一种玉石的韧性。

我们再来看和田玉的主要成分，其中透闪石成分占了百分之九十五以上。透闪石的含量正是新疆和田玉油脂感的来源。和田玉在所有玉石中透闪石含量比例最高，所以它是世界所有玉石中油脂感最强的，这也是玉最重要的特征之一：温润度。

和田玉还有一个重要的成分，叫阳起石。阳起石是骨架，透闪石是肉，两者相互交错，编织成紧密的毡状结构。

在新疆和田地区，有一种叫作卡瓦石（贬义，意思是非和田玉）的石头，实际上是由新疆的岫玉（含蛇纹石成分）和石英石组成的。它们在新疆等同于冒充和田玉的"假玉"。

虽然看似苛刻，但这种严格的定义源自千年传承，展现了和田玉至尊、至贵、至独特的地位。中国四大名玉中的岫玉、独山玉，以及中国古典文学里的绝美之玉——蓝田玉、祁连玉，来到和田玉面前，只能是黯然失色——性脆，石性大，油润度低，韧性不足，比重低。即使是与和田玉成分一致的俄料和青海料，也观之色暗，叩之声沉闷。

所以古人经过万年，从小南山文化到兴隆洼文化到红山文化，再到夏商周三代，认定新疆昆仑山的和田玉才为真玉。《周礼·春官·大宗伯》中这样规定：

> 以苍璧礼天，以黄琮礼地，以青圭礼东方，以赤璋礼南方，以白琥礼西方，以玄璜礼北方。

青玉、黄玉、红玉、白玉、墨玉。和田玉中的五色，对应女娲补天五色石的颜色。

玉壶

上文所提玉种，若琢磨同一个物件，都会是美的。蛇纹石和石英石雕琢的物件，美则美矣，却不尽如人意。然而到了这个物件——玉壶，它们一律都是美的了。

辛弃疾的元夕词：

> 东风夜放花千树，更吹落，星如雨。宝马雕车香满路。凤箫声动，玉壶光转，一夜鱼龙舞。
>
> 蛾儿雪柳黄金缕，笑语盈盈暗香去。众里寻它千百度，蓦然回首，那人却在，灯火阑珊处。

玉壶光转，指的是天上的那轮月亮。

壶，小乾坤，在人的掌上；宇宙洪荒，天地圆满，月亮，是天地掌心中的一个小乾坤，它徐徐转动于茫无涯际的大乾坤里。

另有写到玉壶的诗句，亦是脍炙人口。例如唐代王昌龄的"洛阳亲友如相问，一片冰心在玉壶"。玉壶中承载着一颗纯洁无瑕、有节操的心灵。

玉壶因此拥有两个特指：乾坤之浩渺，却可集于小壶，与人具象地贴近；心灵之美，玉壶可以盛载并做见证。

《冰鉴》是曾国藩撰写的识人、相人、用人之书。书中提道："人之邪正最为难辨。"敢于用玉壶见证自己心灵的人，心底坦荡荡。所以，当任何一种玉琢磨成一把小壶的时候，精神的审美会瞬间超脱玉石种类的不同，它们的美达到高度的统一。这是玉壶的奇绝魅力所在。

另外，古时著名的玉杯——夜光杯，也是因诗歌传诵而留名。唐代王翰的《凉州词》：

葡萄美酒夜光杯，欲饮琵琶马上催。

醉卧沙场君莫笑，古来征战几人回。

凉州，甘肃。夜光杯，祁连山的墨绿色透光玉雕琢的酒杯。夜光杯非和田玉所制。

汉代东方朔《海内十州记》说：

> 周穆王时，西胡献昆吾割玉刀及夜光常满杯……杯是白玉之精，光明夜照。

这个白玉的器皿，则是和田玉所制。月光与上好的白玉杯相遇，整个夜晚都被照亮。而祁连玉的夜光杯之美在于月光照亮杯身，使其散发出明亮的光芒。

玉壶有素光面壶，也有花雕壶。素光面壶的器型对应紫砂壶的器型，如方壶、西施壶、掇球壶。花雕壶有树瘿壶、梅花壶、南瓜壶、竹节壶、井栏壶、六瓣圆囊壶等。

梅花壶，壶身上雕刻有梅花和梅枝。和田玉籽料极其适合做此壶。皮色和着金、黄、红、黑的沁色凸显和刻画出梅花的花朵缠绕绽放在玉壶上，生动鲜洁。山料的糖白、糖青，青花墨玉，白玉带翠，做梅花玉壶也有一样的色彩参差效果。

喜上眉梢，梅梢。20世纪六七十年代的白瓷茶壶上多见梅花和喜鹊图案。这些器具上的祥瑞花纹及其寓意，营造出家居生活中的欢喜氛围；梅花，花中君子、君子以玉比德。日常审美和国人传承几千年的君子文化无痕地缠绵在了一起。

这些玉壶既有薄胎空心的，也有只做观赏用的厚胎壶，有些带提梁，而有些则没有。

透闪阳起

透闪石含量越高，玉石的颜色就越白。俄料和青海料的透闪石含量在百分之九十以下。老和田玉的透闪石含量在百分之九十五以上。所以，俄料和青海料灰而干。甘肃有马衔山玉，透闪石含量在百分之八十左右，矿脉已无，齐家文化古玉件是此玉种。

阳起石，针状、纤维状，可用于制造工业用的石棉，浅灰绿色和暗绿色，与透闪石经纬交错、纵横交贯，编织起毡状结构玉肉。

白度特别好的玉料细度往往不佳，究其原因是阳起石含量少：阳起石多则质地细密而颜色偏青，阳起石少则色泽白亮而细度欠佳。

青玉就是因为含有较多的阳起石成分，玉体凝结有序，晶体更细小、均匀，比阳起石含量较少的白玉更细腻。因此，优质和田白玉大多是"闪青"的，而纯白的白玉会出现"十白九松"的情况，缺少透润沉着之感。

铁离子也会参与其中，适量的铁离子可以促使透闪石和阳起石间毡状结构更加紧密。油脂感和温润感则源自玉结构的完整性，由视觉和触觉共同营造出的感受。而铁离子的加入不仅有助于形成玉石优良的特性，而且会强化玉石的青色调。

正是由于阳起石和铁离子对透闪石的催化作用，才有了温润真玉的诞生。这个催化的过程中，好玉就容易带了青色。

《本草求真》记载：

（阳起石）功虽类于硫黄，但硫黄大热，号为火精；此则其力稍逊，而于阳之不能起者克起，阳起之号于是而名。

阳起石所促成的青玉被公认为和田玉里硬度最大的玉，

因此也被称为钢玉。所以自古以来，青玉会被用于制作薄胎器皿。在这方面，青玉当之无愧地被誉为"和田玉之王"。

在和田玉中，一细料是对有"羊脂黑玉"之称的塔克拉玛干黑青的一条判定标准，即塔青中的最佳品。

和田玉中的钢板料，多出现于青白玉、青玉。钢板料的特点包括：打灯无结构，敲击发出钢板的声音，雕刻的时候即使是机雕，也几乎不会出现崩口的现象。崩口的问题出自玉料性脆，青海料容易出现崩口。机械雕刻的和田玉有时会出现这种情况，但是手工雕刻和打磨的和田玉则几乎不会出现崩口。

近年大出风头的沙枣青和鸭蛋青，呈现出青灰或湖蓝色调，料子细腻如脂粉，睹之若糯糯的熟糍粑。

那为什么羊脂玉油润缜密，却极其白，绝无青色？这是因为铁离子未加入进来，但氧化钙加入了进来，促使透闪石和阳起石之间更为紧密地编织。这样就产生了羊脂玉，从而避免了青色的产生。氧化钙最终析出，成为玉表面的僵。僵边出细肉，就是这个意思。

大自然的神工，人只能站在一边说三道四罢了。

好玉

　　和田玉老矿坑几乎都在且末——天下好玉出和田，和田好玉出且末。这里主要出产白玉和青玉。清代的戚家坑，还有杨家坑、卡羌坑，玉料洁油，质地细腻，如云朵的轻絮，也有无结构的粉雾玉肉。

　　著名的95于田料，白玉雪白油绵，比羊脂玉还要白，是目前发现的唯一的羊脂级山料。于田山料出产地周围有大规模的死火山群，符合远古火山造玉的地质特征。它是当代玉石界的一个传奇，此料早已销声匿迹，玉市难觅。

　　与普通和田山料白玉相比，俄料的山料白玉颜色高白，但细观玉肉，呆滞、沉闷、蜡感，如一块一块的半生米粥小团连缀在一起，也像坚硬盐粒的连缀，颗粒间呈现镶嵌状。

手抚之，涩。手感略轻飘。

青海料的山料白玉，会有残晶结构。水气大，可见水线的存在，这些水线会形成辫子状的条纹。这种玉石的透明度较高，没有脂分的轻柔朦胧感。色泽呈灰白、黄灰。

但俄料和青海料都有顶级山料出现，可与老和田玉媲美。和田玉的山料中也会有结构粗大者，也会有存在水线和清透度高者。

和田白玉结构粗大者会呈现条状的萝卜纹路，业内称之为"松"。而薄云朵状、细密的毛毡状、粉雾状，都可称为"无结构"。试想一下凉粉的样子，温敦缜密。优良的和田玉用肉眼几乎无法看清玉肉的纹路走向。打灯观察，均匀温糯的玉肉中偶见玉相的明暗，细小水线、微小白棉。一块天然的好玉有微瑕，更能证明其真。

神仙难断寸玉。任何一位玉专家也无法确定一块玉究竟来自哪一个山头哪一个矿坑。所以藏家为了确保所藏之玉乃真玉，只能选择弃山料单择籽料的收藏方法。只要是真籽料，它就是老和田玉。

好玉握在手中，柔绵，如脂似皂，然细细觉察，则是坚韧。至软的是内质，至硬的是存在。摩挲玉珠，发簌簌声。

玉石相击，发洪钟音。

鉴玉比鉴人纯粹得多。有迹可循。

这世间除了人，其他生灵，都用着本相，凭着本能坦然天真地存在着，不多取一瓢，不占有一物，来是赤条条地来，活是赤条条地活，走是赤条条地走。它们自生来便已通悟已禅定，已知坚毅和忍耐是大德。

唯独人，所行和所向，大多只为名和利驱使。

曾国藩在《冰鉴》里说："清浊易辨，邪正难辨。"他亦说道："开谈多含情，话终有余响，不唯雅人，兼称国士……"

好玉含情。好玉铿锵。好玉坚贞。

屈原在《楚辞》里写到昆仑山："登昆仑兮食玉英，与天地兮同寿，与日月兮同光。"到太平天国的天王洪秀全，还有清末的慈禧太后及袁世凯，他们都有食玉的记载——是渴望长生和升天的愿望在作祟。所以会有著名的"汉八刀"玉蝉，取破土而出长生之意。

玉本是德的化身，在人世间起楷模和教化作用，却自古至今常陷入饕餮之口。

回到《诗经》的年代吧——"言念君子，温其如玉"。

和田玉的白玉山料里有两个极品，一个是方才说的早已开采干净的95于田料，另一个就是黑山料。

和田在新疆的最南部、昆仑山北坡下。黑山在和田的东南方向，玉龙喀什河上游支流的尽头阿格居改的山谷里。黑山村在当地叫作喀让古塔格村。这个村子属于喀什塔石乡，乡属于田县，县属和田市。

黑山是昆仑山的主峰之一，海拔七千多米。从和田市出发，驱车两百多千米到达乡里，乡里的海拔约两千八百米。从乡里朝东南走，进入黑山村，要走三十千米的路。从前没有公路的时候，骑毛驴从和田市到黑山村要五天五夜。黑山村的海拔约四千米。玉矿则在海拔约五千米的冰雪覆盖之下，没有公路，只能靠人力肩扛或者毛驴驮运——采玉之难，可想而知。

黑山的山料白玉是什么样子的呢？它通常有一层风化的外皮，这种玉石常见层裂现象。它的白色很正，虽然略略泛点灰，但是加工后马上能够提白，可达一级白。它的肉质很稳重、很油腻，虽然浑厚感稍稍差一点。

玉镯制作中，对于其所使用的玉料要求是很高的，就是说，一只镯子应正好出在一块完全无裂的玉肉上，这样的完

老和田玉札记

美匹配并非易事。因为手中有这块来自黑山的玉料，我得以有机会反复查看它内里的层裂，不禁唏嘘、感慨——一只完美的、玲珑的玉镯子真的难得。2018 年，一只黑山的白玉手镯已经达到六万元。

黑山有铜矿，导致玉矿中掺杂铁元素形成了黄口料。老矿里的黄口料具有几乎等同于黄玉的油润、缜密特征，掺有糖色或者糖丝儿，看起来很古典、很温敦，这样的黄口料也很稀有了。我曾经有两三只这样的玉镯，因为口径太小而转手，从此不复再得。新矿里的黄口料性脆，有玻璃感，这样的玉镯工艺感太强。

于田除黑山外，其他山谷也有白玉山料。这些料与黑山料相比，则水透些，不如黑山料油腻。

山料被雪水冲入玉龙喀什河，山流水料就形成了，所以于田多山流水料。

于田南部与西藏改则、日土相接。藏族人没有佩戴和田玉的习惯。他们热爱绿松石、珊瑚、蜜蜡、南红、砗磲和天铁。我在甘南遇见的清代玉璜，是以不高的价格请回来的。

白玉

　　玉虽以白为贵，但"十白九松"。在玉石中，最缜密、最细腻，如丝绸、如脂皂，闪烁青色光芒的玉石被认为是最完美的。白玉籽料里若有顶级缜密且细腻的，就是天价的羊脂玉了。我见过羊脂玉吗？应该见过，那块羊脂白玉表面洒着浓浓的金光。羊脂玉具有什么光泽呢？淡淡黄、淡淡粉或者淡淡灰，这表示这块白玉已经修炼到了老熟境界。高白的玉看上去生而冷，打光看结构明显，这就是"松"的意思。

　　白玉籽料的结构通常是均匀的云絮状模样。有了这种结构倒是令人放心的。为什么呢？优质白玉山料通常是均匀无结构的。然而，无结构就一定好吗？相较于有结构的籽料和无结构的山料，一块即使显得松的、有结构的白玉籽料，终究还是比无结构的白玉山料更有脂感。如果将后者比作一块紧密的雪团的话，前者则是知冷知热的醍醐。《大般涅槃经·圣行品》载：

从牛出乳，从乳出酪，从酪出生酥，从生酥出熟酥，从熟酥出醍醐。醍醐最上。

玉界还有一语，"十籽九裂"。一块白玉籽料，拥有了白云絮的结构，玉肉里也有沧桑的老裂，于是便可以放心了。这个逻辑是否能够被不大懂得辨别玉的人所理解呢？其实这更加验证了一块玉的来路——它用数亿年时间修得真身，被细密毛孔披覆。只有这样的玉怀着隐秘的心和灵。人和玉相遇，互为滋养。玉潜移默化地修正人，人呵护和保养玉。

这是一块泛着淡淡黄光的白玉籽料。细细看，可以在其表面发现些许洒金的痕迹。摩挲在手，能感受到玉皮的油脂质感，温敦陈厚。重量适中，手感宜人。它的样子是小籽玉最好的形态——水滴状。这块白玉籽料正好可做一个挂件。玉石的下部有一条水线。水线附近的玉肉格外细腻，符合玉石的常见特征。

这块白玉籽料从遥远的新疆来到我的手上，打开它，发现它一点儿都不干燥。这块玉石天生润泽，尽管其内部呈现出云絮般的纹路。正如一句玉语，"无纹不成玉"。完全无纹、无裂、无咎、无水线、无棉点的，只可能是白玉山料，或者是人工材料合成的假玉。

我并不刻意地去盘摩它，它自个儿待着也呈现出脂润质感。我把它戴起来，它的表面油润如脂，毛孔细腻，微微泛着金色光芒，碰口、老裂、水线，完整地簇拥着这个微小而神秘的生命。我似乎能听见它的呼吸声，其中怀着宇宙的秘密。

老和田玉以其温敦和脂腻而著称，就像一块坚固的肥油握在手心。更加缜密的白玉籽料的纹路是怎样的呢？是那种细细蚕丝般密密拉开的纹路，比云纹更加微妙，不会像盐晶那样颗粒状地镶嵌其中，其色泽比纹路疏松的白玉籽料更具硬脂感、油厚感和白浊感。所以，宋代有记载："玉分五色……带白色者浆水又分九色……"

完全没有结构的玉存在吗？其实存在。这种玉石大多出现在青白玉籽料中，如一泓活水，有钢板料的清澈，而且没有一丝一毫的"生感"。精光内蕴，缜密温润，这样的玉石就算是最上乘的了。

　　山料里没有结构的料子，总是水透并生冷，显得单薄，不令人欢喜。有结构的山料，尤其俄料，结构粗大，呈现盐粒镶嵌状，或者带有萝卜纹。

真身

弘一法师有大字——圆融无碍。

这并不是要求我们年纪轻轻就要八面玲珑，圆滑到不会得罪任何人，也不会错过所谓的贵人或者靠山。

圆融无碍是五十岁以后品性的体现，这是需要历练的　跌过了一连串的跟斗，几条命只剩下了瘦瘦的一条。之后再看人世间，没有什么是不好的，人们所遇见的一切都是值得感恩，可以平和接受的。那些所向而来的，无论是过去、现在，还是将来，都在帮助我们成长。

若少年老成，眼观六路耳听八方，机灵到可以迎合任何人的意愿，那么就不会建立起基于自己切身体会所形成的各种价值观。

知耻辱而勇，而改；知舍得和清淡而平息欲望和野心，而正。如此方能悟得独属自己的真味。

浪子回头金不换。所以，尽管忏悔是有必要的，但我们并不必完全回避或憎恨那些性情用事。至少，这些经历在我们的觉醒过程中扮演了不可或缺的角色。

弘一法师的大字沉静如一座庄严的寺庙大殿，散发出古老物品包浆后的光彩。鲁迅先生说他的字朴拙圆满、浑然天成。

老子说守柔处下者生命力最强大。这应该与拙朴有着共通之处，都在谈论一种天然的气度、一种耐久的韧性。

"人好刚我以柔胜之，人好术我以诚感之。"心术，以光明笃实为第一。容貌，以正大老成为第一。言语，以简重真切为第一。平生无一事可瞒人，此乃大快。甚至，当看见一个从内而外透着善良和智慧的人时，你都会觉得他仿佛包了浆一般，安详且安全。字字真言。

这或许是光阴尺度与生命温度互相拜访之后留下的痕迹吧。终于开悟，终于静坐一隅，终于通透，终于无碍，于是圆融。

内性脆弱者会顺着自己的解理开裂，随风而散；质地坚韧者屹立光阴，明心见性，温良敦厚，得他人敬。

优秀之物岁月流长，美德的光辉温润如玉。《事钞》有言："风骨劲壮，仪肃隆重，每发神瑞，光世生善。"

和田玉的籽料经过亿万年的翻滚和冲刷，那一层向内敛着的柔光就是包浆。

古玉一代代传承，在手中摩挲，叫手泽，叫皮壳，正是包浆。

甚至一件家用物品经过数十年的使用，那种略显柔软但内心坚韧的气息，也是包浆。

我偶然遇见一块新玉，而且是山料，它竟然能自个儿呼吸修神，周身天然包浆。这个用黄玉雕琢的笑佛真真和我有缘。我一见，心中不禁想到，山料的新玉怎么会自个儿就起了包浆呢？我深信自己眼光独到，给它配了一颗金珠子，穿好红绳。

其实，包浆最重要的意义在于赋予一件物品神性和灵性，使其仿佛拥有了真实的生命。

老和田玉札记

鉴镯记

这只镯子肯定不是韩料。韩国春山玉也可能呈现偏黄绿色，但并不具有糖色，且硬度不到6级，手感较轻。这只黄白带糖的镯子，压手心，刀划不出粉末，典型的透闪石含量高且具有纤维交织结构的玉。青海黄口？青海料的重要特征是水透。它却有温良敦厚的气质，所以可以排除。俄料黄口？俄料偏灰，玉肉结构粗大。打光注视它，结构虽然不够细腻，但也并不杂乱如同半生米粥，且玉色究竟是清洁、凝正的。若羌黄口？若羌黄口玉通常无任何结构且油润，而这只镯子略略发干，有结构和两根水线。且末黄口？老和田玉最大的特点就是油润。我总觉得这只沁糖色的黄白镯子在油润方面欠一点。最后得出判断，东北黄白老玉。有糖色，结构不太明显且有些许凌乱，常见细短水线，光泽好但不够润，价格比老和田黄口玉低。这是我端详了三个晚上得出的结论。

东北老玉，即河磨玉，是一种优质的玉。它拥有典型的纤维交织结构。兴隆洼文化、红山文化里的玉都属于东北老玉。它是唯一能和老和田玉在气象上比肩的玉。戴久了，也会润的。关键是它的玉分子是活的，可以养得越来越好。俄料的玉分子呆板，别指望能够盘活。

这只镯子适合年轻女性，免去了豪奢之气。

这只镯子的石性在糖沁的地方十分显著，散布的墨色点略多。玉肉类似于老和田玉的黄口，但整体来看略缺通透感。试想一下，水煮蛋的蛋白，虽然光润，却有白板一般的质感。所以，在乌鲁木齐红山那家老玉店里，这只镯了最终收来的价格被压得很低。从玉店出来，翅膀在文联门口等我吃饭。她知道我满脑子里想的都是玉。

***

李姑娘，地道的乌鲁木齐人，自己开的玉店，只卖和田玉籽料。我从她那里请来一只墨玉的手镯。这种内平外圆的镯子叫平安镯。

福镯是内圈圆、外圈圆。贵妃镯是椭圆形的。

墨玉有多少种呢？其实泰山墨玉是蛇纹石，陕西富平墨玉是石灰岩，俄罗斯墨玉是黑青玉。那么青海墨玉长什么样？我请教李姑娘。

她认真回答我："青海没有墨玉，青海有雾状紫色的烟青玉。这种玉较浓的烟青色部分会有水墨感，但过于水透，而和田玉讲究的是脂感。"

和田墨玉的显著特征在于手感油脂滑润，白玉底子上的黑墨呈现出聚墨越浓重越正的效果。聚墨不够浓重的，则会形成散点构成的青花玉，整体以灰色为主调。需要注意的是，这里指的不是青海烟青玉所呈现的淡雾和烟紫色调。

打灯观察和田墨玉，和田墨玉白底透白光，有墨的部分透微光。其颜色不会呈现碧色和青色，区别于墨碧和黑青。即使聚墨浓重，打灯观察时，也会看见墨在白玉里形成的独特纹路。这只墨玉镯子的墨色呈现条纹状，仿佛缠绕的丝带，如同云雾般轻盈飘逸。

冒充墨玉的卡瓦石，其实是由蛇纹石构成的，同泰山墨玉。卡瓦石非常干、粗糙，打灯看内里，结构紊乱。

懂和田墨玉的人，看见白底就基本放心了。

黑如墨，黑如漆，黑如油膏。墨玉的三种墨度。

白如梨花，白如荔枝，白如羊脂。白玉的三种白感。

行话说，糖玉容易出羊脂，墨玉容易出羊脂。所以糖边白玉和墨边白玉，其质地会显得格外油腻。和田墨玉和在同一块料子上的白玉会有明显的界线，而青海烟青玉则展现出灰紫白相融的自然过渡，仿佛迷雾般。

和田墨玉有籽料，也有山料。籽料墨玉呈现出聚墨全墨的特点，黑白分明。山料墨玉点墨较多，呈现出混沌若芝麻糊般的质感，白、灰、深灰、浅黑、黑，颜色交织搅和。山料墨玉明显没有籽料墨玉那么敦厚。

和田地区有个墨玉县，这个县位于和田县和皮山县，昆仑山和阿瓦提县之间。卡拉喀什河流过这里，它被称为墨玉河，之前河里多墨玉籽。

和田地区另有一条河叫玉龙喀什河，被称为白玉河，多白玉籽。这条河流经洛浦县，同墨玉河（喀拉喀什河）汇合后，形成和田河。

天下神秘之事必有规律，这种规律就是神秘的巧合。

＊＊＊

和田籽料抹茶青，怎样形容呢？

淡淡灰、淡淡青、淡淡棕、暗暗粉、浓浓脂,轻轻搅和。

很多年了,大众消费者不喜青,厌弃灰。把玉看作商品的人,要的是跋扈的颜色,以白为上。这就如同钻石,以大为荣。

虚荣心是非常要不得的。自古以来玉讲究的是首德次符。德是内质,符是色。

白玉若非羊脂级,常有冷和松的缺点。俄料,则极干。

一块玉,视之仿佛遇热即溶的安静油脂,这就是块好玉,老熟,结构缜密,却不刚,温柔敦厚,向内敛。

真玉是世间唯一能比德之物。它的本身被赋予人格,它的样式和花纹被赋予灵格、神格、自然格。天地人合一也!

我一直在寻找一只遇热即有溶感的镯子,它的脂分需极好才可达标。和田玉不讲冰透,那是翡翠的特性。近年来,和田玉有晴水料的说法,这是为了追求翡翠的美感。而青海料是水透的,也就是说晴水料的货源,并不是老和田玉。如果很想拥有一只浓绿清透的手镯,那就得挑俄碧玉,而不是老和田玉。

喜欢和田籽玉的人和喜欢翡翠的人,是两种人吧。各寻各的知音。

几年前，我从玉友查姑娘处请了一只抹茶青镯子，是清代手工琢磨的，应该是籽料，因为只有籽料才这么油润。清代人们已在和田开采山矿，这只镯子肯定是籽料。每天和玉在一起的人，一抬眼，就能明白玉的身份。玉的韧性最强，却又触感柔和，我很喜欢这只镯子，它在我眼中玉质是完美的。又过了几年，我遇见了籽料开的一只抹茶青新镯，毫不犹豫地买下。古人尚青，我的心其实很古，很老派。

　　我真喜欢很老派的人，他们仿佛是来自辽河流域的祖先，我的几位朋友便是这样的人。我真的太喜欢他们了。他们说话是慢慢的、柔柔的、真实的、有涵养的。如果没有他们，我不会有今天的好心性。

　　抹茶青其实是很繁丽的，这个况味你细品吧。

再说碧玉

俄罗斯碧玉的玉肉，普遍具有"铁马冰河入梦来"句中冰河哗啦啦流动的生动姿态。就是说，它们的玉肉不仅有结构，而且这种结构还能让人感觉到一股强劲的冲击力。

俄罗斯碧玉同和田碧玉不太相同。后者宁静温敦，宛如熬好的动物油静静放凉，分子间密密地偎依在一起，即使打灯观察，也几乎看不见结构。即便有结构，也只是斯文如小小云絮般或是轻柔如棉絮般的纹路，即便更明显一些，也不过是淡淡的萝卜纹。还有其他不同吗？俄罗斯碧玉的透闪石含量在百分之八十左右，和田碧玉的则在百分之九十以上，两者的脂分和油润度用天壤之别来形容也不过分。

俄罗斯碧玉像玻璃那样干脆光亮。和田碧玉则显得黯然油糯。

即使是俄罗斯碧玉里最润的粉青、鸭蛋青品种，虽然结构整齐且细腻，但散发的也是玻璃的光泽。刚性大，业界是这样对其进行描述的。

然而，俄罗斯碧玉的优势就是它们极其美艳，菠菜绿、油绿、苹果绿、翠绿。而和田碧玉通常太低调，它们几乎都是籽料或者戈壁料，带着暗暗淡淡的消沉劲，然而，即使是墨碧，也是细糯油润的。拥有一颗碧玉籽，是为了懂得那份诚恳的心；拥有一只明艳的俄碧手镯，只是为了好看罢了。

当然也有结构均匀且稳定的俄罗斯碧玉。天价。而油润度依然无法比肩和田碧玉。

绿色的透闪石且呈纤维交织结构的玉就可以被称为碧玉了。所以，市场上用东北老玉中的绿色析木料制成的手镯也被称为碧玉手镯。它的颜色平实，淡淡的绿，偶有凝聚的深绿色色块，极具魅力。它的玉肉真是又细腻又油润，它有俄罗斯碧玉的干净敞亮，又有和田碧玉的整齐润泽，且没有黑点。尽管价格不菲，但这便是最合我心意的碧玉了。

至于加拿大碧玉，你若在市场上看见一种带有较为浑浊甚至有些脏的云母颗粒且十分干燥的碧玉，那便是它了。

老和田玉札记

玛纳斯碧玉，杂质较多，呈暗淡的绿色，会出现白斑和黑点，更适合用于雕刻器物，展现出持重性格。

人们喜爱翡翠，因此对碧玉也倾慕。俄罗斯碧玉里的色团、丝絮、很宽的水线形成的色冲积块，还有它玻璃般的清澈质感，都让人觉得它与传统的老和田玉截然不同。

这只碧玉镯子是由俄罗斯碧玉雕琢的。其中天然石纹展现出浩荡的冲积姿态，呈菠菜绿色。黑点的存在让其显得更加油绿。

俄罗斯碧玉，我收藏它是为了研究和比较。只有比较才能见真知，知道好的为什么就是好。

聚色

东汉文学家王逸写过一篇《玉论》，现已失传。明代李时珍在《本草纲目》中引用过其中一段话：

> 王逸《玉论》载玉之色曰：赤如鸡冠，黄如蒸栗，白如截肪，黑如纯漆，谓之玉符，而青玉独无说焉……

玉的五色说在东汉之前就有，《素问》：

> 青如翠羽者生，赤如鸡冠者生，黄如蟹腹者生，白如豕膏者生，黑如乌羽者生……

再追溯至春秋末期，孔子赞玉比德："孚尹旁达，信也。"这句话的意思是玉的色泽鲜明发亮，与人的高尚品德一样，秉持信用，堂堂然也。

老和田玉的颜色有原生色和次生色之分。比如白玉、红玉、黄玉、青玉、碧玉，都是原生色玉。青花、墨玉、糖玉、沁色玉，则是在白玉的基础上次生出来的，经过与石墨、氧化铁、含锰元素的成分二次融合而形成墨色或糖色。

老和田山料的白玉、青玉常常被包裹在厚如棉被的糖玉里。糖玉的糖色会沁入白玉、青玉、青花的玉肉里，形成糖沁，曰俏色。在雕琢的时候巧用糖沁，比如在手镯的外部边缘留下一抹，不仅可以在山料相似的情况下独树一帜，别具一格，而且有了籽料留皮的风韵。

三色玉近来身价猛增。黄、墨、白，齐聚一块玉，或者是青色、翠色、糖色齐聚。因罕有而贵重，是玉石界的一种规律。

籽料的皮色属于次生色。玉石在河水里翻滚，水中金属元素透过毛孔和碰口渗入玉肉。千年红，万年黑。洒金、黄红色、艳红色、枣红色、烟熏色、鹿皮、乌鸦皮、虎皮、芦花飞絮色、秋天梨皮色……这些颜色经历千万年的沉淀才于玉身上显现，因其耐心而显出云蒸霞蔚的神韵。这些色彩宛如钉子、水草、树根般深深地扎入玉肉。

伪造的籽玉的色彩通过染色或者火烤的方式获得，轻浮，无色根，且颜色污浊，诡异，邪气丛生。

好玉之人总是好古之人。玉的皮色承载着玉石形成过程中的信息，玉石最终修炼成真身，一袭袈裟也。手抚如星河般的毛孔，参差不齐的碰口、老裂里有更深的皮色。皮上的僵，像是一位饱经风霜的老父亲，有如罗中立的油画《父亲》，内心深藏着一颗勤劳、坚忍不拔的冰心。

籽料也有白皮，如一层奶皮，柔腻润洁。

玉色的审美自古以来讲究聚色。聚，所以更鲜、更亮、更正。这也是王逸所述玉色的理论基础。

墨玉的黑白分明，白玉带翠里的聚翠，籽料里的红皮白肉，都是对聚色之美的大加肯定。

再说俄料

这是一块俄料，准确的名字是俄罗斯灰皮白玉料。这块俄料产于贝加尔湖一带。那里也是俄罗斯碧玉的主要产地。

俄玉主要是山料，只有极少数的山流水料和籽料。即使是籽料，其形态也与老和田玉的籽料不同，皮厚而粗糙，与老和田玉籽料薄如蝉翼的皮肤截然相反。

俄山料也有厚厚的石皮，呈现灰白色、黑色、红褐色，如风化的岩壳包裹着白玉肉。

在当今的玉店里，你很容易遇见这样的雕件。山玉的灰白皮权作白玉带皮进行巧雕。对外行人，售卖者会说："瞧，多好的带皮籽料。"一块平安无事牌上雕刻着一条盘龙，一口价一万元。

其实它的真实身份就是俄罗斯白玉的山料。

石皮干燥，白玉肉呈现雪白色，带有阴冷之感，如白雪将化未化的软塌塌色泽。微微透光，打光观察可见微小颗粒的细微结构，虽然不大也不凌乱，但最大的问题就是干白，具有石性。这就是俄料，不糯不润，缺乏由内而外的脂分。瓷性大，雕刻时候容易起崩口。佩戴时间再长，也只会越发干，越发灰暗。

一块俄白玉放在白布上，确实白如雪。拿近了再看，却只有干，也被人说成死白，没有灵性。

有人说巍巍昆仑山白雪和坚冰赋予了老和田玉玉肉的盎然生命力；也有人说籽料在亿万年的翻滚中激发了玉肉的内应力，因此它有了永不熄灭的内在光辉。

俄料充斥玉店，这已经是现实。白玉凿出毛孔假装白玉籽并制成雕件和手镯，也已成为普遍流行的供货模式。

藏家

好玉都在藏家的手中。卖家在那些年里为了有效流通，会把上品力荐出去，保证资金有进有出，形成闭环运转。

进，就是把最好的玉卖出。出，就是用现金继续物色和购买玉品。

在玉市低迷时期，玉商甚至不得已关门去开滴滴，这并不意外。大家都懂，资金链一断，亿万富豪也能转眼变为贫穷者。而收藏家因不图利润或生计，反而能静心地保存真正的和田老料。

收藏，与文化认知紧密地捆绑在一起，延续了一个民族源远流长的审美心灵，见证并巩固着几千年的传统。只有那些不忘传统的人才能拥有精神的家园和皈依，也就是俗话所说的信仰。并且，人无癖好则无深情。人的爱玉本质是对德的景仰。

玉商是两难的，既要用真正的老和田玉做主打产品和镇店之宝，以体现自身的品格，又得考虑市场需求层次，从而购入大量东北老料、俄料、韩料、青海料，甚至石英石质和蛇纹石质的玉石。

造假行为频现，用俄山料伪造和田玉籽料，是最典型的案例之一。以次充好的行为屡见不鲜，比如用蜡去贴补玉石的裂隙，两三个月后，裂隙就现身了。又比如借用他山之石充玉，如用煤精石充当墨玉。

近来流行的白玉带翠让藏家也不敢贸然涉水了。那点子翠很难确保是自然生成的。

商家、藏家、玩家，往往只有骨子里有那么些"处女座"的执拗的完美主义者，才能把老和田玉事业做一辈子，而且收获丰厚。

鸡骨白

玉——石之美，美丽的石头都可以叫作玉；真玉，美丽的石头中只有一种玉是真的玉，那就是老和田玉。这两种说法都来自古人。

真玉最显著的特点就是缜密有序和油润铿锵的质地。那么真玉的美丽究竟如何界定呢？色泽？颜色的正度和饱和度。色泽的稀有程度？红黄羊脂。色泽的变幻乎？黑白分明、红皮白肉、白玉带翠、三色四色。

"吾未见好德如好色者也。"孔子叹息。

懂玉、爱玉的人终究爱的是：一，独一无二；二，质地坚贞；三，自在欢喜；四，刚柔并立。

色泽之美固然诱人，但是纯粹的爱心贴合，才是懂得。

情感中唯有懂得，才慈悲，达至纯粹和永恒。

和田白玉的白色被细分为羊脂、梨花、雪花、月白、青白、灰白、鸡骨白。

试想一下，煮过的鸡骨头在日光下暴晒之后的那种白色，瓷白，不透，但打灯看则呈现半透明的光泽。

有人说它石性大，僵气重，是尚未玉化好的石头。这样定性还是偏颇了。

对于和田玉的鸡骨白籽料，细细观之，皮色丰富而美丽，沁色十足，肉质油润浑厚。它也具有透闪石、阳起石成分且呈纤维交织结构，用瓷加玉来描述更为贴切。

鸡骨白籽料的妙不可言在于，越盘越油润，易起包浆，散发出老瓷独有的沉稳光芒，具有复杂且耐人寻味的美。

专家说鸡骨白是伴生的玉石，可以看作美丽的奇石。这个说法也不到位。应该说它是玉、瓷、石三者的完美融合，又具备了籽料迷人的皮肤色泽，因而极适合观赏和把玩。

籽料里的石包玉，一旦切开外层厚厚的石皮，便显露出剔透的玉肉。相比之下，鸡骨白则是内外一致的玉非玉、石非石、瓷非瓷，但偏偏它不死板，油润缜密，温和安详，自成小宇宙。它是独一无二的生命。

　　神仙难断寸玉。遇见每一块玉，我都尽量搞明白它的来路，有一种英雄要问出处的踏实感。

　　至于喀什河石头籽料中冒充黄玉籽料的水石，它有一种难言的石英石质地，粗糙和干燥，尽管外表看似剔透，但一旦探寻其中的蹊跷和诡异之处，基本上就可以断定它不是真玉了。

　　而鸡骨白的天然油润，充满了正派之气。

　　鸡骨白是古玉领域的专业用语。良渚文化里有很多鸡骨白的玉器。这个词语被现代和田玉界轻松借用，很有意思。

不完美

　　玲珑剔透、晶莹剔透，这两个成语是人们对美玉最常用的形容词。因此，和田玉的雕琢过程中有去脏这个基本的程序，以充分展现玉的纯透光泽。

　　无论山料还是籽料，在雕琢前，需避开大的裂隙，精选出最适宜展现的部位。玉必有意，意必吉祥。要雕琢的物象应与玉料的形态相契合，同时考虑高品质玉肉的结构，可以顺便清除杂质，如白棉、水线、石墨、僵、咎裂。

　　有了"去脏"这个词语，也就有了"抠"这个动词。比如用海水纹、云纹、如意纹点缀玉相的同时，去除杂质。为了达到只保留优质且颜色、质地统一的玉肉的目标，抠脏成为雕琢中的一件偏执活儿，但谁也不能确保这个脏是否就能去除干净。例如，聚红皮籽料的皮下容易出现黑色杂质，与沁色一起蔓延。遇见这样的籽料，与其追求剔透玲珑的效果，不如果断采取保守的方式进行雕琢，即尽量圆雕，随其原貌，让带有黑色杂质的玉肉饰以简单花纹，坦荡裸裎就是。

老和田玉最大的特征就是：不完美。

爱玉、懂玉的人最好的修行成果就是：包容心。

一块美玉，首先讲究的就是其质地，而质地的好坏并不以单一的以白而透为衡量指标。缜密，油润，即使有杂质在里面，也是好玉。

美玉的皮色，历经千万年的积淀形成老熟的色泽，本身就已魅力十足，即使皮下的玉肉略显灰或青。

所以，在雕件中，"随意"二字最重要。一旦执着于追求剔透，就会陷入迷途。

甜蜜果实

相，本质、内质的意思。相，虽然是指呈现在天光下的样子，其实这个字直指内里的质地。所以对人有观相之说。之所以要细细观相，是因为要透过表象看本相，而不要被好色大于好德的心所左右，因昏庸而误判面前的人。

玉也是如此。还是那句话，因为懂得，所以慈悲，所以珍惜。不懂玉的人，只追求白度，是为戴出去显眼好看。不懂玉的人，容不得天然玉石里的纹路。人无完人，岂能苛求玉有完玉。

内质好的玉像成熟水果的果肉。例如荔枝、山竹、白兰果的果肉，它们暖暖的白，敦厚润泽，正是老和田白玉的样子。

有一种叫木纳格的白葡萄，表皮略带淡青色，熟透的果肉如同青白玉。

牛油果的细腻、起沙、青绿，真的与东北河磨料中的绿玉一模一样。

新疆哈密瓜和芒果的金黄色，正如黄玉的光辉。

血橙的红，如红玉般惊艳。

至于墨玉，我们可以想一下将黑米打成糍粑的样子：黑润，充满朝气和活力，流光溢彩。

俄料就做不到与果肉同相，因为它呆滞而未褪去石相。石，即肉中分子不活。玉肉最讲究活和灵，只有这样的玉才能历经万年而依旧神采不减。

青海料水透，就像光照和养分不足时结出的果子，没有饱满的精气神，显得黯淡无光，不能绽放温厚的光芒。

哪里有水果能发出像玻璃一样的贼光呢？俄罗斯碧玉就像一大块玻璃。只有老和田碧玉和河磨碧玉的颜色类似牛油果。

和田青花的玉相如同最传统的中国水墨画，足见其高级。青海青花则像是被笼罩在一片灰蒙蒙的紫色雾霭中，混沌未开也。

相由心生。玉相，源自它作为德的使者所蕴含的十一德，这使得玉能够与大地上最甜美的果实相媲美。

现形

会辨玉的人一通则百通，尤其会辨人，这顶可怕。攘攘世间，珍贵的人竟然寥寥得很呢。

玉世界里只有老和田玉是真玉。真玉里籽料不仅是唯一的，也几乎很难作假，不过如今假籽已铺天盖地而来。

山料容易仿造，而籽料的独特样貌是大自然经亿万年锻造而成的，人的三板斧如何就能模仿？人是无法造人的，一样的道理。

狡诈的商家动手制作假籽料，将山料切割成小块放在滚桶里转动打磨，让小块形成有圆弧边角的样子，然后用喷砂做假毛孔，开凿碰口，涂抹化学制剂然后高温烤色。这就成了。

假籽料的原料来自俄料或青海料。这是因为老和田玉的山料如今也价格不菲。然，假的籽料在孙悟空那里，个个都要现原形。

籽料来到眼前，先看毛孔。当置身于明亮的自然光下，毛孔布满籽料周身，井然有序若星河。真籽料的毛孔内壁圆滑，伪造的毛孔是粗糙而模糊的，是磕绊蹩脚的，装成雕刻后只留了一点儿皮的样子。

然后看皮色，试想一下布满晚霞的天边和一滴墨水进入水中的瞬间飘摇，还有古老家具上的老油漆、盘错延伸的树根，对，天然的皮色一定有自然之姿。

再看是否有水草纹、钉子纹，以及僵。这些籽料上特有的东西是人工无法伪造的，因为它们深入玉肉。

十籽九裂。如同老瓷器上的鸡爪纹，裂是人工无法造出来的。天然的裂纹内部颜色深，外部颜色浅。如果是上过色的，则外口色深而艳。染的颜色或者艳丽到带有血腥感，或者因色不正而显得很脏，而且色泽单调呆板，覆盖了事。天然的皮色则是有过渡感、层次感的。

还要观察碰口，人为的总是粗陋的，锐器打击留下几个凹槽。而天然的则承载着历史的痕迹，翻滚、摔打、撞击和停留。

一花一世界，一叶一菩提，一籽一昆仑。

闻说远处有仙山，请一枚玉籽儿来欣赏。它几乎就是那座能吸引仙人下来饮泉水的仙山。

记住，假籽的颜色漂浮，真籽的颜色岿然不动，有色根。一颗籽若是有线、僵、碰口、裂隙、毛孔、水草纹、白棉点、皮色和沁色，则百分百为真。

真大于一切。莫要嫌弃一块真玉的丰富内容。

新疆人亲切地称呼籽玉为子儿玉，是把它们当作有灵性的小神物看待。

掏个镯子

在我们那里，要切个西瓜不会说"切西瓜"，偏要大喇喇地说："杀个瓜吃。"

在我们那里，用玉石出个镯子，不会说"出镯子"，偏要说："掏个镯子。"

因为"掏"这个动词比"出"更能传达锁定目标和下狠劲用力的感觉，同时也具有一定的难度。

那么为什么要"杀瓜"呢？血红沙瓤的西瓜熟得恰到好处时，刀碰上瓜，略带入，瓜就唰地开了，这就是一种痛快淋漓的"杀"的感觉。夹生的瓜，木肤肤地，让切瓜的人心情也低沉些，可不就要用力切了嘛。所以，但凡能喝一声"杀瓜吃也"，就代表着在我们那北疆下野地，正是西瓜最美味的时节。

掏镯子这件事倒不是我们那里的人都愿意去做的。这个是爱玉的人跳出日常自己撒野儿玩的一种方式。

你想，一个人从和田玉贩子那里千磨万磨地谈拢了价格，抱走了一块大玉籽儿，然后往熟悉的玉加工作坊去了，里面切玉的机器发出嘶吼声，满屋石粉、玉粉，落到地上混着水，你说这是水泥作坊我也信。

"掏四个镯子，行不？"

来自河南镇平的师傅全身上下都是石粉、玉粉，满手是灰。他庄重地打光查看玉石，要避开僵、死裂、活裂、石花、水线，还要调整好大小，太小的镯子，五十二码的，北方人根本戴不上。同时，还得注意给每个镯子都留块皮，以证明它的真身。

这块和田青白玉大籽料正好出了四个镯子。我妈和我们姐妹仨，一人一个。

这是我的姐姐为我们创造的福利。

这都是十多年前的事情了。现在，寻籽料掏镯子这样的玩耍，已经是玩不起的了。

把又宽又粗的籽料镯称呼为轮胎镯，戴上有喜感，就像一个肥胖大妈戴了一串老粗的金项链。

所以我倒不常戴这个籽料镯。不戴它，它也油腻腻的，温敦感十足，这就是籽料的特性。不戴不抹油的俄料肯定是干巴巴的，具有呆板石相，闪着白光。青海料则带有玻璃的脆气儿和水气儿。韩料、贵州料、加拿大料、贝加尔料就无须再提了。

掏镯子这件事，勇者才敢做。一块完整的籽料平平安安地搁那儿，就是保值增值的。但你要开玉，风险就来了。料切开，说不准就有死裂、活裂，万线奔涌，如果勉强只能出一个镯子，那么这个镯子的保本价格就得是这块玉的价格，谁会来买单呢？

所以我的姐姐想要四个就出了四个，母女四人齐刷刷地一人戴一个轮胎镯，这是怎样的好运气啊！

我一直想拥有一个碧玉籽料镯。市场上充斥着俄料碧玉镯，色泽鲜绿欲滴，好看，但我无感，因为它干，有呆板石相，也就是无灵性。

只有籽料的碧玉才充满油膏感。

但是碧玉籽料普遍混杂着黑点、黑块和暗郁杂质。

即使如此，碧玉籽料的油膏魅力依然强大，所以碧玉籽料镯子既稀少，又价格昂贵。现在，一个成色好的碧玉籽料平安扣价格可以达到五千块钱。

我家里有一块四五斤重的心形碧玉籽料，放了七八年了，不敢掏镯子。

其实就是怕废了。镯子讲究的是清透，如果碧玉里的暗郁物质太多，镯子的品相也会大打折扣。

心形的碧玉籽料放在地毯的角落，就挺好，我已经不去想掏镯子的事了。

带油膏感的碧玉籽料车大珠子其实是最合适的。

你瞧，我们那里的人不好好说"磨珠子"，偏要说"车珠子"。

将玉石先切出来，像切豆腐块那样，放入机器槽中磨圆，然后就是手工操作了。一颗一颗，无论大小，都得擎着，在车轮上进行打磨。如果大拇指和食指操作不熟练或不小心，就会被擦伤。

所以是车珠子，"车"这个动词蕴含着手工的耐心和小心，也是不易的。边角余料一般都被拿去车珠子。但是随着车珠子的手工费越来越高，车珠子也成了奢侈的事情了。

我的挂件上使用的链子都是由籽料车的珠子穿起来的。

我的姐姐告诉我要珍惜点儿，这样的珠子是越来越少了。

　　我曾用一块碧玉籽料车了一串大圆珠手串，一颗一颗都留有手工的痕迹。只有碰到懂得欣赏手工之美的人，我才会送给他。有一天，我发现青年小说家里昂对手工之美非常了解，就立刻把碧玉手串送给了他。碧玉籽料虽油润，但有暗郁杂质，因此我就搭配了一大颗回纹金珠，为手串增添了一抹色彩。在自然光下，籽料做的玉件愈发精美精致、耐看耐品。

开料

2021年，我只开了这一块料，碧玉籽料，它们变得越来越珍贵，因存量很少，且没有新矿源。

我有个执念，想开一个带皮的碧玉镯。只有碧玉籽料的镯子才是油润、缜密、细腻、敦厚的。相比之下，俄罗斯碧玉像玻璃，让我感觉缺乏灵气。它们看起来像是工艺品，缺少内在的灵性。

九百五十七克、老熟、菠菜绿。卖家是个美丽的新疆姑娘，做玉做了十多年，我是她的老客户。她说这个籽料可以出镯子，这正合我意。

我通过微信打全款给她，她用顺丰快递给我。每次都这样，江湖自有的默契和信任。

这块碧玉籽料比一个巴掌大许多，沉甸甸的。和田玉的密度较大，所以压手。

"玉不琢，不成器。"在实际开料之前需要考虑一番，可能需要花上一年半载的时间。家里放了一块两三公斤重的碧玉籽料，但我永远舍不得开它，因为它是心形的。这块碧玉籽料开两个镯子是可以的，但那是姐姐送我的生日礼物，所以不忍心动手。我把它放在色彩艳丽的和田大地毯上，真是一件镇宅好物，夏日里还可以枕着午睡。

对于新收的碧玉籽料，我打算出一对印章、一个镯子以及几个平安无事牌，都要带原皮。我把这些说给我在武汉的治玉人。她是一个年轻美丽的女子。我的几个包金和田玉戒指和一对银包赤玉戒指就是她给我做的。

碧玉籽料上有一道裂隙。玉的特点是表里如一，外面有裂隙，那里面也会有。开镯子的风险很大，不如直接按照印章和玉牌的开法切料。

我同意这个做法。那么，制作碧玉籽料镯的心愿又要延后了。

玉肉的质地不错。治玉的女子通过微信告诉我。

玉就是这样表里如一，它外面不斑杂，里面也不会斑杂。

这块碧玉籽料的外表呈现出油亮的老菠菜色，均匀且富有光泽。

和田玉硬度高、韧性大，因此在上面刻字应该很难，且机器刻没有治印人刻得有韵味。所以我犹豫这一对印章是不是只能当镇纸了。治玉人说，不会，这样硬的玉刻章子可真好，不会起性。

印章和玉牌都随形而出。治玉人很懂。这样，这些玉器便有了拙朴的气质。它们本身就很古老，有多少万岁呢。

买玉啊，开料啊，都是大气磅礴的事，我的心胸和格局，乐观地养成，拿得起放得下，是在这样的事里磨炼出来的。

刚开出来的玉坯并不起眼，真像石头。治玉人说，这两天打磨抛光，玉性就全出来了。她还说，太坚硬了，师傅的手都打疼了。

玉件一个一个变得玲珑剔透，散发着油绿的典雅气息，虽有籽料不可避免的石花，但打光细看，玉肉则缜密到无结构，一对印章和五个平安无事牌，分别送给巴拉、武欢欢、钱红丽、陈赋，他们一个一个都是我的终身好友。

再说南红

我很小的时候第一次看见玛瑙，那是一颗纯净明黄色的桶珠。我记得上面有白色缠丝，摩擦发出脆响。这桶珠是邻居小男孩从河岸东面的墓地里拾来的，于是我们躲开这种极其好看的珠子。大人说这叫玛瑙。

在新疆的戈壁滩上，玛瑙很常见，所以不值什么钱。十多年前，徒步旅行很受欢迎，很多人开车去捡玛瑙。北疆戈壁上的黄色、粉色宝石在阳光下闪闪发光，不知这些宝石是不是玛瑙。东疆哈密有一种葡萄干似的玛瑙原籽，穿成一大串，大巴扎有卖，那时候都不贵，现在也贵起来了。

大巴扎也有卖玛瑙手镯的。手镯是红色的，带有玻璃透感，后来我才知道这都些是烧色玛瑙，就是杂色、灰色的玛瑙高温烧制后变成红色玛瑙。这种玛瑙镯子很便宜，十多年前五六十块钱一只。一个夏日的午后，我和翅膀在大巴扎一人买了一只。她欢天喜地的，我也是。那时候我们二十七八岁，生活清贫而宁静，善于喜滋滋。

玛瑙给我的印象总是单薄朴素的，玻璃感、琳琅感十足。即使哈密小原籽外表覆盖了一层天然风化皱皮，我也感受不到它的沧桑和贵重。后来见到云南那边的玛瑙，说是名字叫南红，云南的红玛瑙之意。我的那串红玛瑙珠手串是姐姐在云南买的，她说如今南红大热，所以买一串研究研究。她转手送给了我，她没有研究，我却研究了起来。

那是我第一次见南红，这一整串朱红并没有引起我的喜爱。为什么呢？它们不透气，就是不活；它们整齐划一，不见一丝自然变化的纹理或者斑痕；它们像油漆刷出来的，呆板。

天然红色的玛瑙并不多，许多玛瑙经过优化处理，比如高温或注胶。如何辨认呢？处理过的珠子内口会有火劫纹，细羊毛样，天然的则不会有。这手串被我转赠给笑笑，我含糊其词，轻描淡写地说戴着玩儿吧。

这次经历让我对南红警惕了起来，也由此开始注意云南的玛瑙究竟有什么特点。如果你看见一块玛瑙有飘冰，那一定是云南产的。云南玛瑙里的白色呈现出冰块状或冰花状结构，同时具有水晶质感和雾状特征。云南玛瑙的红色呈现多样化，如樱桃红、大红、粉红、西瓜红、水红、玫瑰红、酒红。我的一位朋友有一串红玛瑙手串，那种红色就是西瓜红，有血点雾，白色的隔珠具有奶制品的细腻、均匀质地，以及类似冰块的感觉，感触丝滑。云南的红玛瑙最显著的特点之一就是有一种明亮的水透感，像水果的红色一样清透。当然保山南红的朱红色虽极其浓艳，但它在我的眼里还是太像油漆了，太整齐划一，像是墩墩的料器。辽宁的战国红也像料器。火焰纹和直角纹虽艳丽，但光亮得咄咄逼人。这就如同老和田玉和俄料、青海料的区别，前者温润内敛，后两者抛高光、刺人眼。

然而到了甘南南红，我就被收服了。自古唯有和田玉被称为真玉，也唯有甘南藏族自治州迭部县的红玛瑙被称为赤玉。它有多好看呢？宛如一袭金红色的袈裟，在光照下熠熠生辉。对，它是活的，红色宛若密密朱砂倾泻。它的样貌浑厚沉稳，它的密度是玛瑙之最，它的颜色可能是大红或橘红，有夹白，这白不呈水晶化或玻璃感，这白比牛奶还浓，亦是浑厚相。它也会有缠丝纹和缟纹。

甘南南红胶感十足、玉化十足、老熟十足，绝非玻璃。我不欣赏云南南红的整齐划一，其实就是石相重，缺乏灵性。甘南南红似乎天生自带包浆，和田玉的温润也是这个意思。

赤玉在乾隆年间就绝矿了。现在传世的甘南南红基本都是古董级别，就是从战国、汉代一直延续至清代、民国凿磨出的珠子。它们都有了包浆，或有风化纹，开孔大而不规则，艳却收敛，精光内蕴，缜密油润。2018年，我去甘南做讲座，在华灯初上的时候独自走在街上，寻找古玩店，也就是在找甘南南红。为什么呢？因为我见过祥夫先生戴着一串老南红的照片。尽管他的手串很多，但他常年就戴这一个。祥夫先生是古董专家，我便知道甘南老南红是最好的。

南红根据产出位置的不同可分为三种——山料、水料、火山料。云南产的南红大多为山料。甘南迭部的老甘红是火山料。这种火山料是指火山喷发时，古老的玛瑙石被熔化为液体并喷射到空中，之后坠落形成了玛瑙矿或散落的玛瑙籽。和田玉籽料形成的机理也是这样的。它们因为熬炼得彻底而天然老熟。赤玉之所以被命名为玉，就是因为它熬炼到家了。玛瑙的成分是石英石，和田玉的成分是透闪石、阳起石。尽管它们成分不同，但大自然的鬼斧神工使它们的品质不分高下，同样无可挑剔。

甘南老南红散发着一种类似台湾红珊瑚的柔光和珠光。草原上的人们热爱红珊瑚、绿松石、青金石、甘南南红、黄蜜蜡。这些珠宝用银镶嵌，就是最珍贵的信物。

那家店是一对藏族青年夫妻开的，我遇见了属于我的甘南南红。它们一共六颗，橄榄样，我加了一颗回纹银珠，穿成手串。然而一年却难得戴一次，或许岁月再静好些我才觉得适合配戴。又过了几年，我很想用甘南南红镶嵌一对银戒指，就用微信联系店主。这个叫苏奴卓么的藏族青年快递给我一颗切珠。这颗橘红色珠子分成两半，制成两个戒面。如此一来，对于老南红，我的心愿终于得以实现。

我那次去甘南，看了拉卜楞寺，寺宇的大红色、橘红色、金红色，一大片，正是甘南老南红的色泽。我没有去迭部。迭部在甘南的最南端，距夏河两百多千米，属青藏高原东部，最高海拔近五千米。

关于迭部老南红，没有矿脉的历史记载，留下的人类记忆就是捡拾得来，世间稀有，甚至绝世。

打戒指

阿勒泰的女人很喜欢买了宝石和金子去金匠那里打戒指。宝石是黑色的阿勒泰山出产的，碧玺、红宝石、蓝宝石、石榴石。金子也是阿勒泰山或当地的河流出产的。

母亲在我们少年时去打了四个镶宝石的金戒指。金子是她和父亲从额尔齐斯河里淘来的，宝石则是坐了三个小时客车在阿勒泰三矿的门市部里买的。母亲的戒指镶嵌碧玺，姐姐的是蓝宝石，我的是石榴石，妹妹的是红宝石。

有一年夏天，那是20世纪80年代，母亲去河边洗驼毛，用了很多洗衣粉，洗了很久很久，希望把驼毛上的油脂洗得干干净净。回家的时候发现碧玺戒指不见了。驼毛里没有，河边鹅卵石滩也没有，那估计就在河水里了。我们望河兴叹了很久很久，晚霞都褪去了，我们在夜色里有些惆怅，就像失去了一小部分生命。

母亲用那些驼毛做了厚厚的被子，她说被子和戒指都是陪嫁，县毛纺厂买回来的绿色或红色羊毛毯也是陪嫁。

我们看着这些叫陪嫁的物什叠在衣柜深处，很茫然。我们根本不知道未来会有一个怎样的男孩子向我们走来，而且他为什么会向我们走来。然后我们抱着这些卷起来的被子、毯子，手指上戴着宝石戒指，走向他。太神奇了！

人生大抵也并没有那么多惊心动魄的故事或者传奇。我的石榴石金戒指很早就不知所踪。我的绿色羊毛毯在我年轻时去深圳《特区文学》杂志社工作时寄丢了。不过，我的驼毛被子倒是还在，我把它晒得透透的然后装进密封袋，如今搁在重庆大学城家里的衣柜里，大学城地处小平原，湿气不重。驼毛被有多少年了？竟然三十五年了。

既然我是阿勒泰女人，我就不会忘记打戒指这件事。岁月一旦静好，小情结就都跑了出来。命运终会把那位让我心甘情愿抱着卷好的被子、毛毯向他走去的男子搁在光里——我看见了他，他也正看着我。我心里说，那个羊毛毯被我弄丢了，在寄去深圳的途中，我心里怅然了十几年，就好像丢失了一小部分生命，但总有一些物什还是在的。还有我，虽残破，但我依然是我，如果我足够强大，我甚至可以认为自己已经完全地愈合了。

我的手上没有阿勒泰山出产的任何宝石和金子，我离开家乡太久了。于是我把甘南赤玉一切两半，做两个马鞍状戒面。这正合我心意，而且与马有关，我们都是来自草原的孩子。

我其实更喜欢银子，老银是有记忆的，它的光芒中蕴含着岁月的痕迹。金子也许也有，但是金子的黄澄澄总让人感觉偏离感情，更倾向财富积累这一目的。

君子之交淡如水，是美好；恋人之交素如仙，也是美好。

赤玉配老银的戒指，里面刻着名字，这一世突然就定格了。它们最后会去哪里呢，有人得到了，盯着里面刻的名字看，会想：哦？这世上曾经有过这么一个人呢。

我们阿勒泰的女人很奇怪，这一生要操持一件重要的事——给爱的人和自己打戒指。除了我们，全世界别的地方的女人通常是在等一枚戒指，而且这枚戒指基本是钻石的或者黄金的。

***

我有一串翅膀送我的镶嵌珍宝的银项链。这串项链是她十年前去西藏，从一位藏族妇女手中买下的。当时她还买了一串绿松石手串，后来也送给了我。我将绿松石转送给了笑笑，铁线分明，珠圆泽柔，是纯天然的。关于珍宝有一条可怕的铁律——真的留，假的扔。这条铁律用到人身上，那就更可怕了，但也必须执行，这就是铁律。

那串项链上镶嵌着的珍宝是红珊瑚、红玛瑙、绿松石、青金石。这是一串很古老的项链，至少是清代的，有着古老的皮壳。我把它挂在一个蓝边实木相框里，很典雅。

我收到的第二块青金石是一个古埃及风格的猫雕刻。它不大，做一只大戒指刚刚好。我不喜欢小戒面的戒指，要大，才有能量。我那几天正琢磨用什么来做一个大戒指，这只大猫便腾云驾雾而来了。

祥夫先生说，该着它是你的。

这意味着它是注定属于我的，看见它就知道它的天然归宿应该是忽兰。所以祥夫先生便割爱了。

古埃及距今已多少年？八千年？那时候就已经有青金石制品，那时候人们就很崇拜猫。所以当青金石猫来到我的手

老和田玉札记

中，我将它与戒指结合，并视若珍宝。这仿佛是对我爱猫懂猫的嘉奖，就像是颁发给我一枚最权威的勋章。

老玉，老珍宝，都是非常柔和的，没有任何棱角，古人手磨的面，无处不圆边。青金石是一种说贵不贵、说便宜不便宜的矿石，但是人接触过古的，甚至是高古的，就不会对新矿感兴趣了。这就是老物的魅力吧，它蕴含着丰富的文化底蕴，承载着许多历史时代里人们的故事。虽然我无法详知这些故事，但是青金石猫心里都知道。

它的蓝是一种造物主和画家才能拥有并创造出来的蓝，其中隐约闪烁着金色星河。这种蓝是古老埃及皇室审美与庄严的象征，承载着人类文明的起源，当人走出伊甸园，开始建立自己的家园时，他们所遇见的美，就如同这种蓝色一样神秘而辉煌。这就像是约八千年前兴隆洼文化时期的人们在太阳光下遇见玉石，心中油然而生对美的震惊和爱惜，以及对神的向往。

古埃及人为什么喜爱猫？因为他们认为猫的频率和能量能够帮助人们进入更佳的思维空间；他们还认为猫是女神的化身，所以它才那么美丽、从容、智慧、敏捷。

真玉的频率和能量亦能通晓灵意。我有幸爱猫、爱玉。

祥夫先生说要用赤金包这枚戒指，千万不要打磨，只要金子的自然光泽。

想一想都觉得好看，金黄配湛蓝，绝配。但是我从不戴金饰的，我对黄金和钻石天然排斥。我只戴银饰，所以我就去打制了一枚银镶嵌的青金石猫戒指。

古埃及是神秘的，猫是神秘的，它的到来是天意，从此我拥有了"魔法戒指"。

绿松石

十多年前，翅膀去西藏，一位藏地女子卖给她了一串绿松石手串。女子说，这是真的。

当年翅膀把手串送给我，这一晃十多年滚滚而过，所幸我和翅膀仍然保持着纯真，依然爱笑，过轻简的生活，认识很少的人，并不入世。

十多年前，真正的绿松石就已经不多了，市面上充斥着假货。那位藏地女子说是真的，就一定是真的。当时她强调"真的"二字，可见假的已逼近雪山净土了。

翅膀将手串交给我时说，这是真的。我在今天想对翅膀说，我一直都是真的喜欢你，因为你热爱真。

怎样辨别绿松石的真假呢？

第一看铁线。美玉都有瑕疵，如果铁线算瑕疵的话，瑕不掩瑜，方能见玉的真。真的铁线没有统一的粗细或者图案，它如河流、湖泊自然流淌，时粗时细，定有聚色，且凹于绿松石平面，像是北疆冬苹果上的结疤，且末梢非常自然，如丝线般飘逸。

第二看色泽，真的绿松石，你细看它的颜色，总有过渡色在其中，比如突然浅了，突然更蓝了，突然发白了。假的则一式的蓝或绿。

第三用火烧，若有注胶或者压粉，则烧后气味刺鼻。而真的绿松石只会被熏黑，一擦拭即恢复锃亮，且没有任何气味。

第四听声音，真的绿松石声音极其清脆，格灵格灵的。假的则可能发出类似硬塑料那种沉闷的声音。

真的绿松石断口平柔、细腻润泽。藏地人还善于舌舔辨别，真品会略略吸附住，但不会像塑脂那样粘连。

祥夫先生曾告诉我，北美的绿松石才是最美的，绿得仿佛进入一片原始森林。有一种银线松石很是独特。他收藏的印第安人手作的银包绿松石挂件，铁线形成的图案似油画，非常壮丽。

里海边的伊朗有绿松石古老矿坑，古时候土耳其是伊朗绿松石的集散地，所以绿松石又被称为"土耳其石"。它的蓝色就像地中海风格的蓝墙一样，怀旧的蓝，压下来的蓝。据说，藏地流传的一部分老绿松石中就有伊朗绿松石。

我用南红和金珠搭配，重新穿起绿松石，也许这些绿松石就是伊朗绿松石，因为它们的蓝色很低调很实沉，再次将这件作品送给女儿。十多年了，当年的线已经旧了，但心灵清新如昨日。

穿珠子

赤玉在古代入药养心。我有一个甘南的赤玉勒子，很想把它用起来。

2022年秋，我用一块碧玉籽料开了两个带皮手镯，再细磨出六十个直径十毫米的老型珠。这是我心心念念十多年的梦想，这次终于实现了。

我曾经开过一个碧玉籽料，内部有裂，无法出手镯，只能出几个平安牌和一对印章。

太完美的碧玉原石让人不忍动手。这种等待延续至今，十多年后关于玉石的书写完，期盼已久的碧玉籽料带皮手镯和项链也终于问世。

我喜欢具有浑厚气象的玉，它在我心中就是大美，而非白石郎。碧玉籽料和赤玉是浑厚的，色重油润。青金石也是浑厚的，要有金有白，不要刻意遴选切割或优化过的。宇宙蓝夜璀璨星河，这才是青金石真正的美。

绿松石很温和，遇水变色，更见其温柔、软和。绿松石里的菜籽绿真是喜人，要有铁线的自然存在，拒绝刻意遴选和优化。绿色绿松石虽没有浑厚感，但鲜活满盈。它的俏丽与赤玉的一袭红战袍之美丽，可以呼应。

我开始亲手穿项链。曾经，我带着玉石找金匠打戒指、做耳坠，带着原石找玉工出镯子，今天自己穿项链，这就齐活了女人的一套首饰。

一个赤玉勒子在项链最前端，隔一对碧玉老型珠，接着是一对青金石老型珠，再隔一对碧玉老型珠，然后放一对绿色绿松石老型珠，再隔一对碧玉老型珠，之后是一对老蜜蜡，之后则是所有的碧玉老型珠，到了尾端是一对实心纯银枣珠，接着是纯银卡扣。成了。赤玉养心，愿我安静。

如果有一对老珊瑚，就是七宝项链了，但那又要假以时日。

蜜蜡亦是假货铺天盖地了。如何辨识呢？真蜜蜡内部蜜的流动呈现堆云状、流淌状、小溪状。而塑料树脂伪造的蜜蜡具有搅拌纹、拉花纹、层叠纹等，就是人工使力的痕迹。

＊＊＊

我先前以为赤玉就是需要一大串戴在腕上的，所以铆了劲儿从甘南藏人那里凑齐了两大串。后来竹峰说："你这样太奢侈。"我再去网上翻看视频，原来别人颈上只戴一块赤玉，就奉若一生挚爱了。

我这样说听起来有些"凡尔赛"，但实情确实如此。于是，我决定小心翼翼地尝试一下"弱水三千只取一瓢"的滋味。

浅灰色配深桃红色，这是我喜爱的颜色搭配。因此，我便决定用青花籽料磨的洒金皮圆珠配赤玉勒子。

效果嘛，当然是好极了。

显然我做不了玉商人，因为每一个我亲自构思亲手搭配的玉件，在筹划过程中我便已经深深地爱上了它们，怎么舍得拿它们换几两碎银堵我的心。或者，若我真的是玉商人，我只看重籽料和赤玉，以及上好的绿松石，那么一年到头，以我的精力和财力，只能出几件罢了，这完全成不了玉贸易的盛大气候啊。

最后，我还是只依靠写作来养活自己，即便我貌似有了玉商人该有的知识和眼光。

　　猫们很喜欢围拢在我身边，看我一脸认真严肃地穿珠子。做这些活儿一定要盘腿坐在地毯上。不然猫儿一跳一掭，活儿就白干了。

　　年末已至，那就好好地和过去告别吧，后面的所有日子，浅灰配深桃红，岁月不败美人。

***

　　在古代，赤玉特指甘南迭部红玛瑙，由它做成的珠子叫赤珠。从战国时期到元明时期的赤玉，上有风化纹，也叫指甲纹、马蹄印。清代的赤珠老相，有包浆皮壳。现代的赤珠亦很少，大多来自20世纪80年代当地百姓在迭部神山中捡拾的小块料，经过加工做成切珠，工艺粗糙，藏民佩戴，后来流通。

　　即使如此，赤玉毕竟是赤玉，它精光内蕴，除缜密度、油润度堪比老和田玉外，赤玉的分子如活水，展现出业内所说的玉分子的活性和老熟特质。不熟的玉，生、冷、松、死板，盘一辈子也是石相，或水透，或滞涩呆板。除赤玉之外的红玛瑙，无法达到活性分子的标准。2023年初，我在重庆大礼堂古玩城买了一串四川红玛瑙，颜色确实喜人，深红如柿子般，并带有金色光泽，但是感觉像红油漆东刷一下、西刷一下，很硬，不透气，没有赤玉的油滋滋、油酥酥之感。

在甄别赤玉的真伪时，无论是柿子红、袈裟红、藏寺红、玫瑰红还是樱桃红，最重要的依据在于，是否有细细密密的朱砂点。打灯透视，正常光线下的浓艳黏稠红色立刻变成无数朱砂血点，如风吹雪片，若海浪里的细小鱼群，似樱花风来，奔涌之势，活灵活现。

青金石手串、绿松石手串，加一两颗赤珠，就华光满盈了。我用剩余的单珠配项链手串，做耳坠戒指，佩戴起来仪式感强烈，整个人喜气腾腾。为什么用"腾腾"二字？它们是自己跑出来的，我忠实地写下来。国人太喜欢红色了，红色太适合国人了。

***

我家离重庆大礼堂古玩城只需步行五分钟。我有时候去裱一幅画，画上画着那匹名叫"白银河"的白马；有时候去看瓷罐，抱一个民国青花大罐回来插蜡梅；有时候去那家卖绿松石和南红的店左看右看，保准买个什么。

这家店的老板娘真是一个大美人，白肤朱唇，顾盼生姿又沉着有度，早年是在北京做和田玉生意。她家仅剩的一条碧玉圆珠项链被我买下了，前端配一颗藏传高瓷蓝老松石，尾端两颗实心银珠，让整条碧玉项链看起来既不老气，又颇有古雅味道。她说，和田玉在重庆不好卖，南红和绿松石卖得好，和田玉现在也收不起了。

我每次去都将外套和包先搁椅子上，坐在玻璃柜台旁的高脚凳上和她说话。她卖保山南红和四川南红，川红分为九口料、瓦西料和联合料。虽然我个人认为只有甘南的南红才是古书所记载的赤玉，但我也想知道保山南红、四川南红及辽宁的战国红都有什么特点。

老板娘戴着一枚南红包金戒指以及一串大圆珠手串，大圆珠子直径有两厘米。质地冰透，颜色是樱桃红，有影影绰绰的冰裂，这是正常的，无裂不保山。打灯看，保山南红的朱砂点密集，是地道的南红该有的样子。

川红的特点很明显，有一种是玫瑰红、柿子红、赤红集体亮相，像重漆刷在玻璃上，也就是说，它虽浓墨重彩，但缺乏灵气。各路红色汇聚美其名曰"火焰纹"。甘南最灵，保山次之，川南太硬。还有一种是冰飘，抛高光，冰也不够润泽，越看越呆。试想一下冰种翡翠，那才是灵而润的。至于战国红，老板娘找出来一个珠子给我看，简直是黄与红搅和出来的红碧石。见过赤玉的人，会觉得除了甘南的南红和保山的南红，别的南红都是红碧石。虽然战国红的格调比北方戈壁玛瑙高一点点，但石相重。

我买了二十颗川红珠子，回家搭配色相如天的青金石，再加上实心银枣珠，穿了一个手串。川红的珠子虽和甘南南红的完全无法比拟，但它毕竟是真品。这个又美又飒、颇经世事的老板娘只卖原矿。她家的绿松石一律是原石，绝不优化。

我买了一颗稀有的金铁线高瓷蓝松石，搭配二十七颗台湾粉色珊瑚珠，穿了一个手串。松石和珊瑚都是瓷得明亮，很搭。珊瑚珠的色泽娇嫩盈盈，玉感十足，业内称为"孩儿面"，像小时候吃过的透明的红萝卜。手心里掂一掂，压手，上有虫眼和自然的白色区，少黑点杂质，午轮纹清晰可见。这串珊瑚珠是在一家老字号珊瑚店买的，是真品。

也就是说真是第一位的，真确保了佩戴者在佩戴玉件时的愉悦感和珍惜感。

看见了瑕疵，我就放心了。这是我和玉打交道二十多年的重要心得。和人打交道呢？这个人一旦八方圆融，那可真让人不放心了。

一年一年地穿手串和项链，藏传老松石、青金石、水晶、老赤玉、南红、珊瑚、蜜蜡、琥珀、黄玉、碧玉、青花、檀香，我简直开始怀疑自己过几年退休后会开个小店，名叫"忽兰真玉工作室"，但是我内心犹豫，干吗要出售自己亲手积攒和穿起的这些小可爱呢？

玉之乐

妹妹长年戴的碧玉手镯呈现出清澈的碧绿色调，现已有了老相，皮壳包浆更显其岁月沉淀的风采。我这一次去东莞看望她，给她带了一个碧玉籽料的手镯。她觉得诧异，认为自己已经有了，我不必再送她。

我沉吟一下，对她说："你这个颜色是极好的，是俄罗斯山料，这样的好颜色等将来送给儿媳吧，世人重颜色，拿得出手。自己戴适合戴籽料。"

我一时犯难如何描述籽料的好，当时我俩正坐在红木罗汉床上喝茶，手抚在缜密柔韧的红木上。"有了，"我说，"你看，籽料的质感和红木如出一辙，那么山料的玻璃脆感，你现在感受到了吗？"

妹妹笑意满满地戴上碧玉籽料手镯，那表面留了皮，有清晰的毛孔，触感正如抚摩红木般润泽沉厚。

用手抚摩一块籽料，密如星云的毛孔展于眼前，心里一片熨帖。我爱恋这样的感觉。年底邂逅了一块艳丽红皮青玉籽料，也叫虎皮料，皮色若袈裟，金红晕色深邃。那两面满满的红皮夹着的青玉质地如何呢？它呈现出油滋滋的绿豆沙般的颜色和质感，同蒋勋细说《红楼梦》时佩戴的清子冈牌相仿，这块青玉籽料的品质也是如此。

这块虎皮料有一百多克，正好占满整个手心，像童年吃过的老式面包。我问姐姐："雕一只大老虎，还是做两块红艳艳的平安无事牌？"姐姐说："保留原籽，不必动它。"

爱玉的爱里，除了玉知识和审美，还有慈悲心。

籽料的色泽中蕴含着岁月的沧桑。比如发黑的碧玉籽料，比如红霞灼天的红皮籽料，宛如被火焰烧透，透进玉肉，仿佛在讲一个亿万年前的故事。

我又遇见一块羊脂白的山流水料，二十九克重，名曰"油膏料"，上有水波纹，有碰口，有毛孔。据说，水波纹的形成需经十万年的流水冲刷，而毛孔的形成则要千万年，一块籽料的年龄可达上亿岁。这就是真玉的珍贵之处：亿万年真身不坏，愈发精巧精美。

这块鲜洁如白石郎的油膏料，包白银，佩戴起来有十二分的清洁气。山流水料，就是山体里的玉石原矿跌进河里，冲刷滚动，不知经历了多少亿万年，蜕变成了独立生命体，原本的山料锐角已被磨圆，并修炼出了籽料的皮肤和毛孔。

还有一块碧玉籽料，给我留下深刻印象的是它有一片黑皮。俗话说，千年红皮万年黑。可见黑皮更老，更珍贵。

我如一个赌徒，将我一年来积攒的稿费全部"推"了出去……

去
和
田

　　当代新疆作家刘涛是清人徐松所著《西域水道记》的唯一全文注释者。书中有关于玛纳斯山谷里的碧玉和昆仑山里的真玉的记载，转录于此。

　　玛纳斯河……，水清产玉，故又称清水河。玉色黝碧，有文采，璞大者重数十斤。

　　我国官办采玉始于乾隆二十六年（1761），徐松《西域水道记》载：

　　乾隆二十六年着令东西两河及哈朗归山每岁春

秋二次采玉……

当时的采玉制度是派遣官员和伯克（当地人中的官吏）役使维吾尔族民工捞采，由邮役传递进贡。承办采玉事务的伯克名"哈什伯克"（玉石官）。

书中记载，从乾隆二十年（1755）至嘉庆四年（1799），四十四年中，叶尔羌办事曾多次在密岱山大量采集玉料。这说明清代的进贡玉料主要来自叶城县的密尔岱山。

密尔岱，位于新疆塔里木盆地南缘，是昆仑山北坡的叶城县棋盘河源头玉矿山的名字。从现有资料来看，它可能是中国历史上最大、最悠久的和田玉玉矿山。

徐松《西域水道记》说：

（密尔岱）山峻三十许里，四时积雪，谷深六十余里。山三成：下成者麓，上成者巅，皆石也；中一成则琼瑶函之，弥望无际，故曰玉山……与玛尔瑚鲁克山峰峦相属，玉色黝而质坚，声清越以长。

还说：

密尔岱旧作辟勒，自叶尔羌（今莎车县）城南七十里至坡斯哈木（今泽普县），又西南五十里至汗亮格尔，又西南百五十里至英额庄（今叶城县棋盘村），又西南三十里至齐盘山，又西南五十里至阿子汗萨尔，又西南六十里至密尔岱山。

《西域水道记》也有对叶尔羌地域采玉的记载：

……和什阿喇布庄（霍什拉甫）是为采玉第六营，又东北流四十里经喀崇庄南是为第五营。

可见，清朝时期，叶尔羌府衙已在此一带组织官采，而不准百姓私采。由此也证明，这一带是叶尔羌河产玉的主要区域。

关于老和田城，徐松在《西域水道记》中说：

……额里齐（和田）城也，高丈九尺，周三里三分，门四……

当时的城址在今日和田市的东部。和田市区中心古鲁巴格十字街以东的闹市区（旧称"回城"）保留了四个历史城门的名称，这些名称至今仍被人们沿用。这四个名称是：苏·旦日瓦孜，水门，在东，因近河傍水而得名；克孜克·旦日瓦孜，热门，在西，因近热闹的市场而得名；艾提尕·旦日瓦孜，祈年门，在北，因近年节供教民聚礼的礼拜寺而得名；古见·旦日瓦孜，古见门，在南，因近古见街巷而得名，"古见"含义不详。

走进和田城，你会遇见真玉、手工织羊毛地毯、织土绸、桑皮纸……

古 玉 生 烟

碧玉佩

我第一次见祥夫先生，在贵州的山脊梁上，也就是毕节赫章一带。他注意到了我戴的玉。这是一块枣红皮灰白玉肉的籽料，经立体雕琢成了一只蝙蝠和一个如意的模样。这块籽料上有很多曲线和凸凹的部分，是为了去除火龙果黑籽般的玉肉杂质。

籽料难免有这样或那样所谓的问题。我一直记得一位广东女子对我说的话，她说，玉最大的特点就是不完美。巧雕就是将娴熟技艺发挥到极致，使玉展现出其臻于至美的本色。祥夫先生戴的玉是一块四分之一掌心那么大的椭圆形碧玉，老和田玉籽料。他说是三代前的。我又看了那玉上的花纹，是单阴线的龙纹，龙须飒飒，龙容凌厉。他把玉放回圆领衫里。我便开始回想并琢磨起这块玉的质地——幽深的碧绿，夹杂缕缕黝黯的黑，玉肉绝不是山料那般的透明整齐。只有老和田玉籽料是这样——拙朴、艰深、凝腻，甚至略显混杂，宛如铁马冰河。那翻卷的幽绿的冰河深处，看着冷，带着暖，看着阳刚，实则缱绻，这就是这块碧玉籽料的气概。

从三代前流传至今的玉，四千多年，这一路走来，多少人厮摩过？我还在想他的碧玉。他自己也说这块雕龙碧玉是他最喜欢贴身戴的玉之一。其实，更让我深思的是，古人看玉是看质，而今人看玉更看貌这个现实问题。一个会看玉质的人，才是懂得玉的人啊。一个爱样貌的人终究是浅薄的好色之徒罢了。那么我会看玉吗？我想我是会看的。十年前我开始喜欢玉，琢磨玉，收藏玉，请得的第一块玉就是一个老和田碧玉的籽料。它那么清朗的菠菜绿，依然带着混杂和一抹黑，玉肉内部更是参差不齐，展现出一种任性而迷人的美。我若去玉店看玉，也会不由得往碧玉那里看。碧玉有这么好吗？姐姐很是怀疑我的审美。十年前，市面上的白玉和碧玉份额已经被俄罗斯山料挤占。姐姐说的碧玉其实是俄罗斯碧玉，那是一种山料，美则美矣，但如玻璃，当然没什么意思。玉不讲究整齐划一的美，玉要的是独自的、别样的韵致。姐姐觉得老和田碧玉籽料也难得遇见个好的，大都有黑，有杂，有参差色。有一年，我回乌鲁木齐的母亲家，正是夏天，母亲在屋子正中的和田地毯上放了一个天然的碧玉枕。有小半个枕头那么大，一看就知是老和田来的家伙。姐姐一路哈哈笑着上楼梯进屋说："看见我给你的菠菜饼了吧。"哈哈，这块玉可不就是菠菜叶浆做成的一个大饼子吗？它是椭圆里带着心形的，我就这么躺在地毯上枕着它假寐，夏日的风缓缓吹进来，轻抚着我的面庞，就好像我是和田碧玉籽料的代言人。

和祥夫先生分别，我从毕节赫章直接飞往重庆，在从前的老屋子里闲着乱走，突然拉开抽屉，捧出一个旧月饼盒子，里面有一块我故意搁在那里的碧玉籽料。因为所有人都觉得这碧玉籽料真是笨拙啊，我就不好意思戴了，放到了我这个一年不过回来两三次的小屋子里。现在我把它郑重取出来，端详它，它和祥夫先生的那块远古玉可真像啊。但是祥夫先生一定会说，古代玉是有文化的，现代玉嘛，讲什么呢，不过就是讲讲玉质罢了。

老和田玉有几个未解之谜，碧玉无山料只有籽料，这是谜之一。碧玉籽料被捡拾完的那天，老和田就不再有碧玉了。猛地一看，这块碧玉籽料是真的丑，如姐姐所说："哎呀，你戴着这么一块黑沉沉的玉做什么呢？"但是你懂得它，亲近它，爱它，天长日久，它就把身怀的澄澈、坚腻和温暖全部呈现了出来。玛纳斯碧玉、俄罗斯碧玉和加拿大碧玉都是山料，即使有所谓的籽料，也是山流水料转变的。东北河磨玉里的碧玉也是山流水料转变的。唯有老和田碧玉，孤零零地横空出世，没有源头。

因为碧玉籽料通体带有混杂，所以雕刻出来的作品似乎缺乏亮眼之处，那就干脆车老型珠吧。我有一串用碧玉籽料车出来的珠子穿成的项链。这串项链我最为珍爱，要的就是前无古人、后无来者的独特魅力和深远影响，以及貌不惊人却知音懂得的"信缘"。

西周玉璧

杨伯达先生指出，龙纹来自云纹。古人敬畏上天，创造出云纹作为祥瑞的符号，使用在祭天的神器（玉器）上。碧玉C龙正确的悬挂方式是孔眼在中间，如此一来，此龙纹与云纹有了异曲同工之妙。而云纹和龙纹作为玉文化中代代相传的元素，已延续数千年，成为最经久不衰且又极为常见的纹饰之一。

以良渚文化为例，出土的玉器上多有龙纹、云纹、鸟纹、虎纹。

虎被视为大自然中最具力量的猛兽，而鸟纹则是对凤凰崇拜的抽象表达。

凤凰的起源可以追溯至新石器时代，原始社会陶器上的很多鸟纹被认为是凤凰的雏形。1977年，在距今约七千年的河姆渡文化遗址中发现了一件名为"双鸟朝阳纹象牙碟形器"的文物。这件器物两侧各有一展翅欲飞的凤鸟，它们圆眼，钩喙，伸颈昂首相望，拥戴太阳，形象生动地反映了原始农业时代先民对知时鸟和照耀万物的太阳的崇拜。河姆渡文化遗址的凤凰图案一度被考古学界认为是中国最早的凤凰图案。在历史和现实生活中，凤凰和龙一样，扮演着连接人与神之间的桥梁的角色。人类借助于龙、凤，与大自然建立联系。

因为商人信奉"天命玄鸟，降而生商"，所以各种鸟纹经常出现在商人的青铜器上。到了西周，凤鸟纹继承了商代青铜器上的鸟纹，在玉器上得到了充分展示和发扬——频繁出现，显示其地位十分尊贵。甚至当凤鸟纹和龙纹一并被琢刻在玉器上时，凤鸟纹往往会成为主体占得上风。它们的模样无不精神抖擞，意气风发。凤鸟纹是西周礼器中最尊贵的象征之一。

翻卷的云、飞舞的凤、疾行的龙、奔跃的虎，描绘着智慧的远古先民在方正的大地上艰辛而诗意地生活。他们因为信玉、爱玉，使得文化基因密码有所载附，在今日，这些神秘的符号为我们打开了理解之门。

孔子说："凤鸟不至，河不出图。"孔子是春秋时代的人，他回望的是西周文王、武王时代德的盛大。他说："周监于二代，郁郁乎文哉！吾从周。"周继承了夏商两代的文明精髓，拥有完备且虔诚的礼法。然而，在这古老的时代里，随着人类的前行，文明却似乎愈发不易维系。

玄鸟一说是燕子，一说是凤凰。甲骨文中记载商王命人捉住五只凤凰。这个传说表明商代仍流传着凤凰的存在，并将其被视作世上最后的凤凰。然而，到了孔子所处的春秋时代，传说中最后一只麒麟在鲁国被人打死。孔子死后，凤凰和麒麟便再也不来人世间了。凤鸟不至，即大德殆尽。

周监于二代，依然推崇和喜爱凤凰，珍爱上天赋予人的美德和礼仪。先秦诗歌里有句：

　　人而无仪，不死何为？……人而无止，不死何俟？……人而无礼，胡不遄死？

这表达了人们对无德无义的人的痛恨。西周玉器上凤鸟纹郁郁。我查阅了一下资料：

225

良渚文化出土的玉琮上已有明确的鸟纹。青铜器上最早出现的是二里岗期的变形鸟纹。殷墟时期已有鸟纹作为主要纹饰。西周早期起鸟纹大量出现，一直到春秋时期。商代鸟纹多短尾，西周鸟纹多长尾高冠。鸟纹包括凤纹、鸱枭纹、鸾纹及成群排列的雁纹等。

周文王时代，迁都丰地，百姓语："凤凰下丰。"（见《先秦无名诗歌录》）周文王敬德保民，故被称为"有凤来仪"。可见凤凰被视为人间祥瑞的极致、道德的极致、尊贵的极致、和平的极致、地位的极致。

西周玉器较之商玉，趋向于小型化，甚至有很小的，比如高约三厘米的凤鸟玉璧（与一枚五角硬币相当大小）——以卷云纹刻画出凤鸟形象，被称为凤纹——凤鸟傲视天下，唯我独尊，庄重雄强。凤鸣岐山！西周人民的骄傲源自他们对德的自信，因此他们相信上天会佑护周人兴旺发达。无德的人不会有德的自信，只有名来利来的窃喜模样罢了，这种特征使其在人群中显露无疑。

祥夫先生送给我一对凤鸟玉璧，上面有冬瓜霜——没有盘过的古玉表面会有一层白霜。祥夫先生说，这是生坑啊，需要我自己把它们盘出来。

生坑就是出土后一直那么安静地放着，未被人盘过的古物。它们不是白玉，而是淡淡的黄玉，古雅微黄（祥夫先生语）。历经三千多年岁月，这黄玉的玉肉依然缜密凝光剔透，凤鸟纹虽简约，但流畅中见繁丽持重。祥夫先生说那时候的人并不以白玉为尊，青玉、黄玉都是极为尊贵的——青璧礼天，黄琮礼地。

凤凰带着德来到人间，古时的匠人（西周的玉匠多来自商）怀着对"德"的无比恭敬之心把一只凤凰凿刻在一枚和田黄玉上，于是这枚玉便有了心。

"何德何能也。"我对祥夫先生说谦语。他沉吟片刻说："知道玉是你的灵魂……这对玉璧是我父亲（20世纪50年代时专门收藏三代古玉）当年收来的……今天把它们找到……正好就这么一对……"对于现代的玉器雕琢，祥夫先生曾说："都太巧了，物忌太巧，当代就这样，无法与古人比。"

我想，当代的人也都太巧了，我自己偶尔也有巧的时候，那时候我会讨厌自己，庸俗可憎。看过古玉件后，再看自己

古玉生烟

227

的新玉，件件都妖巧，缺乏古人所具备的大气和端然匠心。我自创的"妖巧"这个词语，似乎能准确地描述多少人、多少事。

它们安安静静地在盛着诸多古玉的箱子里待了多少年？自那位英年早逝、身世传奇、容貌英俊、心地坚定的男子离开人世后，这两块小小的玉璧和着一干古玉，都留给了后来的人。

后来的人在某日，左思右想，依稀觉得有这么两枚几乎一模一样大小和花纹的玉璧，是曾过了眼的。于是便细细翻找。

祥夫先生在电话里对我说："竟然找着了……是你的了。"

一枚更像鹅黄，另一枚是淡淡的月亮黄。前者有红沁，后者无。两枚玉从未盘过，结着冬瓜霜。

为什么会送我？

因为玉是你的灵魂。

人的一生若有天意，我和祥夫先生也不过就是在贵州的山脊梁上见过一次。2007年，我在上海巨鹿路读到他的小说《婚宴》，深感惊异，沉思良久，思绪空茫。那一年我三十二岁，已拥有了能迅速辨别好文的能力。随着天意，又过去五六年，我在一家著名的出版社做出版策划人。那日，技艺娴熟的我缓缓地拿出电话，笃定地通过正万找到了祥夫先生。正万曾是《山花》杂志的副主编，也是著名作家，所以我断定通过他找祥夫先生一定通达。祥夫先生的声音在我耳边响起。他说都可以，出什么，怎样出，多少版税，都可以，总之，怎样都可以。

《衣食亦有禅》的貌样和内文真是好啊。许多人对这本书爱不释手、过目难忘。这就是顺着天意做事，事必成功的例证。这本书之后又过去五六年，因为一个偶然的文学活动，我们终于相见。我悉悉索索地从深阔的大包里搜寻出一枚小玉，准备送给祥夫先生。那是一枚比指甲盖大不了多少的玉籽儿。祥夫先生一向举止得体，他说："一定很贵吧。"

我心里偷偷笑，表面淡定，不回答。祥夫先生情商高，他说："那么，我回去之后把它放在贴身的小口袋里，或者枕头下，好玉养人。"见他是这样知足之人，于是心下顿然起愿：一定要再送一个大的给他。

贵州的活动是正万主办的。想来人世间的相遇必然是很巧的。我当年就是通过正万联系到了祥夫先生。

虽然"巧"这个字在玉器界是最需要规避的。祥夫先生

古玉生烟

最见不得现代玉器雕琢的妖巧模样。

结着冬瓜霜的两枚玉璧，夹在《风月无边》这本新书里向我走来。这么多年来，我总觉得自己就像祥夫先生笔下那个活得跌跌撞撞的明桂。

然而命运待我好。在岁月静好的日子里，我取出两枚小玉璧。中间的孔，内小，外开，高古玉用的是砣工，这样的雕琢痕迹就是证明。

"是黄玉吗？"

"白玉千年变秋葵。"祥夫先生答。

那么就是白玉的真身了，但是它们的色泽如此幽黄，贵气凛然，宛若蜡梅。

《尔雅·释器》载：

> 肉倍好谓之璧，好倍肉谓之瑗，肉好若一谓
> 之环。

这句话中的肉即周围的边，好即中间的孔。边比孔大是璧，边比孔小是瑗，边孔一样大为环。

它们是璧。

吐灰。将两枚玉璧放在八十摄氏度的烫水里一遍遍浸泡。取出，不一会儿又结白霜。雪花白。

我在单位里有一个玉友。这个绝色并安静的女子用一双秀手摩挲两枚玉璧，不多时玉璧就滋润靓丽起来。她有一双天然适合盘玉的手。她说："先不要急着包金，得盘个一年时间，才能盘出来，继续吐灰，不要害怕烫水，烫不散的。"

两枚玉璧，西周时代的作品，凤鸟纹，在地下埋了三千多年。专业书里说这种高古玉要用人间的六十年才能盘好。我中午出门，将它们揣在手心里，一路在口袋里盘。

我对祥夫先生说："送你一个黄玉葫芦。"

祥夫先生说："家里玉多，就不要寄了。"

我说："留个纪念吧。"

我的话的意思是，若顺着天意，那此生不过就是贵州山脊梁上的一见。

他听懂了，说："也好，等到老年时，像白石老人那样，把黄葫芦拴在衣襟上。"

如此平静的对话，是否带有一点儿微笑的涕泪？

祥夫先生说玉盘好了发张照片给他看。他还说，玉就是要送给好人、懂的人、有耐心的人。

而这样的人一定很少。

因为祥夫先生千里寄来的两枚玉璧，我和古玉结了这样的好缘分，我开始钻研它们，如我十年前开始钻研老和田玉一般。

祥夫先生嘱咐我："你应该把这盘玉的过程写下来，还有从开始到后来的照片，很珍贵，因为很难再有机会上手盘商周玉了。"

玉友雪夜访我。我们在斗室里喝茶。她问："这个是出土玉，还是传世玉？"

那一天，一对玉璧刚刚从大同来到我的桌上。观察它们，才可知道内情。

我和玉友喝凤凰山的茶，吃潮汕的茶点。她特地送我一只翡翠白菜。糯种飘翠。猫狗俱已熟睡，我们轻声说话，它们感受岁月静美，面露酣畅的笑意。玉友说，瞧它们，都是善果。

良玉，良人，良运。

第五日，我在微信里对玉友查姑娘说，它们不是传世玉，是出土玉。

夏商周高古玉会有吐灰的现象，同时也有其他时代古玉所不具备的分泌黏液的现象。现在，这一对玉璧经过五天七八次八十摄氏度水浸泡吐灰后，突然产生了黏液。

"是不是你手上有护手霜?"

"我刚刚洗了手的，只能是玉自身的。"

那么，是出土玉了。

说说吐灰时它们的模样。热水很快就变得如淡淡的石灰水一样。将玉璧捞出，晾着，很快又变成白蒙蒙的样子了。放回热水，玉璧没完没了地吐灰，像是要把地下三千多年埋藏的心里话倾诉出来。第五日当黏液包裹玉璧时，祥夫先生说，不要再用热水泡了。我听话，将它们握在手心里盘，白灰渐渐地就止住了。玉肉是秋葵的黄，杂质析出得多，它们终于开始有了剔透感、凝粹感。玉纹清晰无比，宛如一只栩栩如生的凤凰。

黏液已成包浆。使劲攥一下，手指都是黏的。

这就像一块胶糖。我舔了一下，是咸的。祥夫先生说，那是土质里的盐碱。

然而，没有任何异味。这也就意味着它们是在很干净的土层里，一躺几千年。

一只玉璧有红沁，沁色艳若红霞，细若微丝。

233

另一件玉璧极其干净，但因为盘的时间实在短暂，所以内部的杂质令它看起来有石英石的质感，有着水波涟漪般的闪光。

玉友说，总能盘出来的，到了最后就是一块美玉了。她自己就盘出来一个古玉，那玉肉果然鲜洁。

我握着玉璧走夜路回家，心中思绪万千。这些经历千年沧桑岁月的艺术品，而我，却拥有它们。且它们从此时开始，就从出土玉变成了传世玉。

它们现在的样子真的是不起眼啊，后面还会有变化。它们像在马路边遇见的小豆丁猫，带回家后逐渐成长，一个一个都成了富贵猫。

清人陈性《玉纪》云：

> 至其终始，颜色时聚时散、变化多端，竟似晴云舒卷，幻化无心，令人莫测，亦莫知其所以然也。

2018年于我意味着什么呢？我在这一年的开端拥有了高古玉，并目睹了它们从冬瓜霜时代，到雪花白时代，再到起包浆时代。

考古资料说：

　　玉璧最早产生于距今五六千年前的新石器时代，一直到清朝，都有不同形制和纹饰的玉璧出现。玉璧的应用范围也极为广泛，可用于佩戴，亦能作为随葬品，既是权力等级的标志，同时又是社会交往中的馈赠品或信物。

商周时期为玉璧的发展时期，玉璧为贵族专用礼器。这时期的玉璧尺寸小于新石器时代，均为圆形，璧面平滑，内外缘厚度相当，外缘边棱为圆角，两面对钻圆孔一般都很规整。商代玉璧多素面无纹；西周大璧无纹，小璧则有雕琢精美的纹饰，题材丰要是龙、凤、鸟纹。当时玉工常用一条宽阴线与一条细阴线相结合的手法刻出璧面纹饰，宽阴线斜挖成一面坡形状，纹饰弧线较多，线条自然流畅，造型柔美，所用玉材多为新疆青玉、碧玉、白玉及南阳玉、岫岩玉。

　　很重要的一句话——玉璧的用途，按古文献记载和后人推测，一为祭器，二为信物。祭器，用作祭天、祭神、祭山、祭海、祭河、祭星。信物，关键在信：信自己、信你、

古玉生烟

235

信善因、信善果。我再细看那凤鸟纹，仿佛工匠昨日才凿刻上去一般。只有和田玉承受得住光阴，不飞灰。

盘玉有武盘、文盘、意盘，三种方式。

坐在玻璃柜台后面的玉店老板常用武盘的方式：简单鲁莽，往玉上刷油，用一块莫名其妙的布，大力揉搓。

因我生性急躁，所以武盘很适合我。我在某天用一把软刷子使劲地刷玉，一是为去掉缝隙里的杂物，二是希望玉肤熠熠发光。醒龙先生无意中目睹了这一幕，他的反应总是敏锐，当即严厉地警告我："造假！"虽只两字，倒真的是到位。

那一天，我收到祥夫先生寄来的古玉璧，迫不及待地就用擦了护手霜的手摩挲，恨不能玉璧立刻锃亮。幸好祥夫先生有预见，他在微信里说："你千万别用油去盘它们哦。"他怎么就知道我会如此莽撞呢？看来我成日里假装的曼妙和风花，早已被一干人马识破。

于是到"度娘"上求教，知道意盘是最高级的盘玉方式。祥夫先生的父亲生前常常招呼两个孩子和玉亲近亲近。

亲近就是意盘了。祥夫先生在《盘玉记》中写道：

父亲又对我说："贴身带着就好，不必放糠袋里去盘。"……贴着身子让身子去盘，让体温、皮肤和它亲近，你盘不出来让你儿子接着盘，两三代人共盘一块玉不是什么传奇。

所以祥夫先生这位有家学的人叮嘱我："穿个绳闲闲地挂在身上，就是盘玉了。"

我怎甘心这样？我恨不能让玉吐出更多灰，直至它拥有剔透的肉质。然而祥夫先生在《盘玉记》中提到父亲亦曾说过：

生坑最好，千万不要瞎盘，盘坏了是罪过，也不要吐灰，吐坏了亦是罪过。

这两个西周玉璧是生坑。生坑的意思是什么呢？就是指刚刚出土的东西，或是虽出土有年然未遭损坏，一如现坑时模样者。熟坑是指出土后已经过一段时间，已经过他人盘玩、传世的东西。

吐灰怎么就不好了呢？如果不用八十摄氏度的热水浸泡，

帮助它吐灰，它怀里三千多年的灰何时才能吐完呢？这就是我这个急躁的人焦虑的心思了。

于是，我再去读祥夫先生的《盘玉记》，努力教化自己。他在文中这样说：

> 看古玉只须一眼，不要多看，是要看其神气皮壳，有的高古玉出土一如新玉，那只是一般人的眼里所见，其实大不一样。古玉皮壳极是松，松松的贼光是一点也没有，是珍珠的那种感觉，是珠光，柔和异常特别迷人。商周以降，唐宋元明清的玉是没有这种现象的。玩玉的人盘玉，不外是身上常带着个糠布袋，先是粗糠后是细糠，或粗细交加，没事用手搓捏，但一捏盘过头皮壳便会坏掉。父亲对我说，盘玉不要那么急，要慢盘，慢盘便是贴身贴肉地带在身上，是天长地久，五年，十年，十五年，二十年就那么过来了，人与玉相亲，玉与人亦复相亲，古玉的精彩便会给慢慢焕发出来。……这也是生坑变熟坑的过程。

"但一捏盘过头皮壳便会坏掉。"这句话顶顶重要。适合玉，适合感情，适合天下大小事。

静坐片刻，让玉静默相伴，欣赏其珠光。这样的意盘，我何时能做到？

好的感情就像珍珠的光芒，内敛，温存，恒久。不好的感情就像贼光闪闪，上蹿下跳也。我用刷子让玉放出贼光，却没有耐心让玉闲闲地和我一起呼吸。天下的理本来就是通用的。我虽然懂得了不少道理，却每每无法好好使用。所以盘玉的美妙，就在于悟性的培养，在于修行。

古时候的和田玉件原料都来自昆仑山与其河谷里捡拾来的籽料。那时候没有机械条件开采矿山里的玉。也就是说，山料在清代以前都未大行今日泛滥之道。

山料？不对玉做史进一步琢磨的人，会一脸懵然。

籽料？籽料就一定比山料好？好在哪里？

好在它的独一无二，好在它历经亿万年摔打而真身不灭，好在它一路翻着筋斗而来，遇见山壑，遇见激流，寒来暑往一番番，雪花月碎一轮轮，激发出了内应力，于是玉肉更缜密，更坚韧。

好在它披着修成了正身的金甲。那金甲上刻写着它一路走来的艰辛——碰口、毛孔、沁色、水线、棉、钉子纹、水草纹、死裂……

好在它的面容由艰辛转为沧桑，再转为慈蔼，最后转为圆融，如今呈现在我们眼前的它，如脂似皂，玉肉如腻，身形柔和。将它盘摩在手中，恰似一个有阅历、有呼吸、有灵魂的独立生命体，它那样温存、亲和，以不讲之姿，讲明了生命的态度。《金刚经》言："信心清净，即生实相。"

祥夫先生赠我这一对玉璧，他扬声曰："籽料！古代都是籽料！"

我喜欢他的话语，向来这样一硾定音。他是槛内人，深谙人间事，但心胸和悟性又是槛外的，超越凡尘。

籽料还具有一个大大的品德，就是深埋地下几千年，所沁入的杂质终会在见了天光之后吐得干干净净，它会恢复成原本的清澈细腻，显出柔绵珠光气，恰是：身诸毛孔，流出光明，如须弥山，彼佛圆光。（佛真身观言）

所以，好玉是可以成为修心的好朋友的，戴之愈久，愈能焕发生机和神采。

而山料，并非独立的生命体，它只是泱泱众生中的一枚复制品。它不愿意去经历一番、深思一生，以塑就真身，所以是平庸的、怯懦的、木呆的，甚至是白白地来到世上的。

毛孔，用手指轻轻抚过去……感受生命的珍贵。

我终于把一对玉璧穿绳贴身戴着了。不再急功近利地浸烫水吐灰，只是让它们悠闲地和我待在一起，日复一日，不离不弃。

和真玉待在一起……那细细的踏实，那实相。

古玉生烟

玉流传

　　我见过并用手触摸过，经过古人凿磨的，一代代流传下来的玉，就是祥夫先生拥有的那块四分之一手心大小的碧玉。他说这块碧玉经历三代传承，是一块来自新石器时代晚期的玉。这块碧玉是他最珍爱的佩玉之一。那这块玉是什么样子的呢？幽深的碧绿色，油润缜密，恰是《山海经》描述的好玉模样：

　　瑾瑜之玉为良，坚粟精密，浊泽而有光。五色发作，以和柔刚。

　　浊泽，厚重之意。和田籽料多浊泽。祥夫先生说，古人使用的和田玉都是籽料。古有白玉河（玉龙喀什河）、墨玉河（喀拉喀什河）、绿玉河，人们在明月高悬的夜晚到河里拾玉。古籍里记载的绿玉河今日已不知踪影。

绿玉，即碧玉。绿玉厂，清代朝廷在北疆准噶尔盆地的玛纳斯设置过，后关闭。玛纳斯的碧玉主要以山料为主，也有山流水料和大块的粗拙鹅卵石籽料。和田的碧玉都是籽料。和田没有碧玉山矿。

懂得欣赏和田碧玉籽料的人，就是真的懂玉的人了。为什么这么说呢？方才使用到的《山海经》里的话语——"浊泽而有光"。"浊泽"二字解释为厚重，但浊的本意是混杂不干净。和田碧玉籽料最大的特点就是混杂不干净：玉肉里有白棉、黑点、老裂，玉纤维交织有气势却凌乱。然而，它令人爱不释手的理由也来源于此：由内而外的油润、油透、熟透（从古至今评价一块好玉，首要讲的是它是否温润，是否有油性），以及自然的浑厚质感，令它拥有旺盛的生命力和原始魅力，独一无二，气场强大。用不懂玉的人不待见的浊泽碧玉籽料制成硕大圆珠手串，保留原皮，毛孔清晰，坚实油润的玉肉里黑点和白棉潜伏着，散发柔光，却又带有倔强之气，这就是好玉的标杆了。

古玉生烟

243

其实我今天想要略为梳理的是中国北方玉器文明的起源这个话题。我将目光投向北方，北极星照耀着山川、森林、戈壁，那里有一个美丽的湖泊叫贝加尔湖。贝加尔湖有玉，成分是透闪石，真玉的成分。贝加尔湖靠近中国的内蒙古和东北地区——这片土地上的赤峰在约八千年前出现过玉文明古国（抑或称为古部落），今人称之为兴隆洼文化。兴隆洼文化遗址是至今所发现的时间最早、保存最完好的新石器时代聚落遗址之一；而兴隆洼文化遗址出土的玉器皆为阳起石、透闪石等软玉类，是中国年代较早的玉器。

兴隆洼文化的真玉采自何处？它的正北方是贝加尔湖，相距两千千米以上，那里有透闪石软玉。它的南偏东面是辽宁的岫岩，距离约五百千米，岫岩细玉沟产透闪石老玉，黄白色、黄绿色，正与兴隆洼文化遗址出土的玉器的特征相吻合。兴隆洼文化遗址西面则是昆仑山，相距两千千米以上。到了距今五千多年前，华夏大地上出现了多个拥有玉文明的文化部落或古国，辽西的红山文化、巢湖的凌家滩文化、天门的石家河文化、太湖的良渚文化、巫山的大溪文化等。玉的来源？就地采集或者交换得来，无外乎这两个渠道。红山文化的玉采自不远的岫岩细玉沟。凌家滩文化的玉采自扬州的茅山。良渚文化的玉采自江苏溧阳的小梅岭。大溪文化的玉器多为黑玉，古书有说蜀出黑玉，因此推测玉采自四川，然而具体来源至今尚未确认。

台湾岛台东卑南文化遗址出土的玉器，有两三千年历史，玉器采自当地的花莲玉矿，透闪石玉，暗绿色。

我和猫君去良渚博物院看玉，美曰"补课"。院里一块深绿色中夹杂黄沁的玉给我留下了极其深刻的印象，因为只有和田碧玉籽料才有这个气势，几千年华光不去，熠熠如新。玉肉呈现浊泽之貌，因而厚重油润。我对猫君说，这块玉应该是和田碧玉。猫君说，做学问最怕武断臆想。或许这就是小梅岭的玉。

良渚文化遗址的陪葬玉器有一个鲜明的特点，等级高的贵族陪葬的玉器中真玉数量多、比例较高，而普通贵族乃至平民，真玉的数量少，其他美石（石英石、蛇纹石、大理石、白云岩、玛瑙）雕琢的器物则混杂其中。专家们断定良渚文化的玉均采自小梅岭，那里的透闪石玉不是和田玉的毛毡状纤维交织结构，而是纤维致密结构。

著名古玉学者杨伯达先生说：

古玉生烟

245

首先发现和认识到和田玉之美的应是生活繁衍于昆仑山北坡山麓河流地带的古羌人，也就是《穆天子传》里所描写的以西王母为首领的古羌母系群体。据《瑞应图》《竹书纪年》《尚书》等古文献记载，西王母曾向黄帝、帝舜贡献白玉环、玉玦、白玉琯等玉器，说明西王母母系部落向中原及西北的父系部落酋长——黄帝、帝舜贡进玉器。亦可理解西王母母系部落也早已发现和认识昆仑山和田玉的优势并制成环、玦、琯等玉器，贡奉黄帝、帝舜等父系部落首领，我们也可想象居住于陕、甘、青、宁的另一支古羌人也经常西去长途跋涉到达昆仑山北坡和河谷取玉……

是否可以有这样一个大胆的推测。大约八千年前甚至更早，以玉事神的功能就已经形成了，那么事神的巫职人员会有取玉、运玉、制玉、交流玉的职责（也有专家认为，良渚文化的玉的来源不排除交换得来这个渠道）。昆仑山古称玉山，也传说是众神的居处，那里的真玉是人间最珍贵的东西，因巫教交流，而辗转十数年，被人力运载公万里抵达良渚，也不是不可能的事情。那么，昆仑山真玉为部落头领享有，并以之降神、悦神、诱神、媚神，祭天礼地，更显法事郑重有效。

透闪石为主要成分的玉石被称为真玉，而昆仑山的和田玉则被视为真玉中的极品，于是，掌管玉器的巫职人员一定怀有一个毕生的最高追求，就是拥有昆仑山和田玉。到了距今三千多年的殷商武丁时代，商王武丁一生中唯一真正爱的女人叫妇好。妇好墓内陪葬的七百多件玉器，经科学鉴定，多为透闪石玉，最后确定为新疆玉。玉石之路，突然有一天就完全地被打开来，从遥远的昆仑，面向中原。

古玉生烟

萨满玉

《说文解字》解释"瑞"："以玉为信。"解释"灵"："巫以玉事神。"

在远古时代，人们活得纯粹，与大自然融为一体，求平安，求祥瑞，求与神对话，求灵魂不死。这一切的核心只是一个固执的诉求：旺盛地活下去。大自然制造的天气、猛兽的出没、无法预知的战争、个体的死亡，都掌控在神灵的手中。石器时代的人类柔弱，从而热爱祈福，并坚信神所传达的启示可修正命运。祭天礼地的庄重仪式，事关一个部族的存续。

《说文解字》解释"巫"："祝也，女能事无形，以舞降神者也，象人有两袖舞形。与工同意。""巫"字像一个人挥动两袖起舞。巫职人员除了用歌舞与神沟通外，身上还有神器，这神器就是玉。在距今约一万年前（根据吉林白城双塔出土的玉璧），玉终于区别于石而被人类视为宇宙万物之精华。

玉器对通神有什么作用？玉的坚固和美丽可以取悦神；传说鬼神饕玉，故以玉侍奉神；玉这样人间最珍贵的物什，使祈福仪式更显庄重；玉加强了部落成员对巫师和神的崇拜和服从。在很古远的时代，巫师等同于王。

由巫师可以联想到中国最古老、最原始的宗教之一——萨满教。这个教主要分布在东北、西北、西南等少数民族地区。是否巫即萨满？萨满的意思是无所不知的人。兴隆洼文化遗址正是在中国的东北地界，今天的内蒙古赤峰，毗邻辽宁。在这里正式发掘出来的玉器有一百余件。主要器类有玦、管、斧、锛、凿、匕形器、弯条形器等。其形制与石质同类器相仿，可形体明显偏小，多数磨制精良，没有使用痕迹，不排除作为祭祀用"神器"的可能性。

萨满教没有系统的教义、教规、经文，人们只能从巫师的巫术实践中窥探它的理论基础。萨满教的教义是：万物有灵，相信灵魂转世，人神分界。

　　无疑，萨满教与八千多年甚至一万多年前的石器时代人类"巫以玉事神"的行为契合。有学者将新石器时代晚期称作"玉器时代"，即缘于此。而萨满者，正是一个部落的巫者。红山文化遗址出土的玉器，是萨满行神事时所使用的工具。它们有穿孔，系于萨满的腰上，随萨满的舞动而摇摆。

　　兴隆洼文化遗址出土的代表性通神工具，是玉玦，属透闪石玉，即真玉。玉料应该采自辽宁岫岩细玉沟，那里出产被人们称作老玉的透闪石真玉。玉玦是巫师的耳饰，巫师可借通灵的玉玦形珥详尽而细致地聆听神的每一句旨意。

　　需要补充一句：古代耳饰有玉珥和玉玦两种。玉珥是女性佩戴，为一对。玉玦是男性佩戴，为一只，有决断之意。玉功能的发展演绎：从巫者事神的工具，到王者贵胄的饰物，有清晰轨迹。

　　距今五千多年的红山文化的遗址中，有一件出土玉器格外醒目，其性状与新疆和田的青花墨玉籽料一模一样。岫岩产青花玉吗？不产。青花玉产地是和田、青海、俄罗斯。青花玉籽料则只和田有。也就是说，某文化遗址的出土玉器原料不仅仅来自部落周边，会有一部分来自遥远的地域，通过流转交换而来。

《尸子》卷下：

取玉甚难，越三江五湖，至昆仑之山，千人往，百人反；百人往，十人至。

演变

　　追求神似并天真，用刀果断朴拙，而不喜好浮华繁缛。这是新石器时代玉工的特点。艺术的巅峰呈现，在于返璞归真，自然性和神性充满其中。原始社会的玉器，光素无纹，刻阴线，透闪石和阳起石真玉内蕴的精光增添了玉器的魅力，使其看起来深厚、凝重、豪放、不羁、坦然。玉光发自玉的内部，不是浮光，不是现代玉器抛高光后散发的玻璃光芒。

　　在约八千年玉历史长河中，当我们纵观古今就会发现，玉文明的巅峰在远古，而不在三代之后。高级者必纯粹清澈，低级者必庸俗狡黠。玉文化的堕落从何时起？当玉成为权贵阶层彰显优越性，并作为日常生活和身体的装饰性器具时，玉里所蕴含的灵性文明便趋向堕落了。在宋、辽、金玉器里，实用装饰玉占主导地位，礼仪性大减，玩味大增。可见堕落从这里开始。

明清时期则是中国玉器的鼎盛时期，明清皇室爱玉成风，其玉质之美、琢工之精、器形之丰、作品之多、使用之广，都是前所未有的。明末小说《金瓶梅》深刻地揭露了封建统治阶级的种种罪恶与黑暗，并预示了当时业已腐朽的封建社会必然崩溃的前景——业已腐朽与玉器鼎盛形成鲜明的对比。

逆流而上，回到西周时代，那时候的玉器已经正式成为礼器，君子必佩玉，是为玉德，警心，也是风雅。再向前走，夏商之前，玉被赋予了具有超自然的神力，可与神沟通。玉器正是经历了神器到礼器再到装饰器的演变过程。

花纹层层叠叠，雕工细细密密，圆雕镂雕器物风靡，从元代巨大的玉海，到清代无数的大小玉山子雕件，玉终于沦落为皇室权贵的玩物和金钱味道力透玉背的商品。《石头记》在此时应运而生，贾宝玉出生时所含着的昆仑和田五色花纹缠绕的籽玉，来这欲壑难填的人世走了一遭，它是否怀有一个重做神器的理想？

玉璜

　　玉有六器，敬天礼地，玉璜是之一。新石器时代已有玉璜。

　　清代孙枝蔚的《渔家傲·题徐电发枫江渔父图》有词："钓得玉璜心自喜。时至矣，掷竿早为苍生起。"自古就有遇着玉璜大祥瑞大安宁之说。

　　玉璜是半圆形或者圆弧形的玉璧，也就是一整块圆形玉璧的一部分，呈现弯曲状，上有雕琢的花纹，富丽纷繁，两头有穿孔，挂绳用，垂至心口处，似银锁，佩之心安，气定神闲，庄重雍容。

　　玉璜起源于长江下游河姆渡文化，由母系氏族社会权威女性佩戴。河姆渡文化距今已有约七千年历史，之后是马家浜文化、崧泽文化、良渚文化。马家浜文化与北方的红山文化同期，其遗址也有玉玦和双联玉璧出土。约七千年前，尽管相隔万里，文化审美却达到统一，这是如何做到的？到了良渚文化中晚期，男性权威绝对确立，玉璜也迅速退出中心舞台。

我遇见的这枚玉璜，缜密青白玉带糖色，手工雕刻十数对的双勾云纹，浅浮雕，古朴精致，玉面有手工琢磨的痕迹，每条勾纹的弧度略有差异，不完全一致，玉肉打光看无结构，有一处显眼的白棉点，玉面光泽如蚕丝，细腻滑润如锦缎。藏族店主用天然绿松石珠配此玉璜的穿绳。

玉友查姑娘今日仔细观察了我从甘南回来后胸前便昂昂然佩戴且不愿意取下的这玉璜。"那不是白棉点，那是水沁，"查姑娘说，"水沁意味着这工璜是古玉，你打光看，一层密密小小的白点，仿佛气泡。白棉点不会这样分布。"

查姑娘继续鉴玉，说："上面的浅浮雕双勾云纹虽制式统一，但每一个都有细微差异，玉面凿痕虽然平滑，但依然留有起伏缓坡痕迹，这正是手工制作的特点。古玉一定是手工制作的。玉璜边沿有淡淡的褐色沁。这也是古玉的特点。打光看，褐色沁有翩若惊鸿之姿。如果是糖色的话，会更集中、更浓厚。"

古玉上的沁色，是玉器长期埋在土中，自身的微量元素与土中物质相互作用所形成的颜色变化。埋藏地域泥土中所含物质不同，埋藏时间长短不同，使得玉器上的沁色也不尽相同，呈现出千变万化的颜色。

如清末民初的古玉鉴藏家刘大同先生在《古玉辨》中说：

> 夫宝玉之可贵者，晶莹光洁，温润纯厚，结阴阳二气之精灵，受日月星三光之陶镕，其色沁之妙，直同浮云遮日，舞鹤游天之奇致异趣，令人不测。较之宝石徒有光彩，而少神韵，能夺人之目，而不能动人之心者，则远胜十倍矣。

"最少是清代的，可能是明代的，"查姑娘给出结论，"且是出土的。"

"感觉是山料？"我问查姑娘。

她说："这样油润的青白玉，也可能是籽料。中华人民共和国成立前的和田玉玉器多是籽料制成的，但古人不喜籽料的皮色，所以都会把皮色去掉，故而我们现在看到的古代和

256

田玉大都没有皮色。比如这个玉璜，玉不带皮，神仙难断。"

元代以降，就有了开采和田玉山料的记载。塔什库尔干大同村，在元代就开发玉矿。叶城县西南有密尔岱玉矿，在清代开采盛期，这里雇用了超过三千名采玉工人。于田县的阿拉玛斯玉矿床、冰斗河玉矿、赛底库拉木玉矿床等几处矿床及矿点，自清代至今，断断续续地开采有二百余年。

那么这个油润缜密的玉璜，也可能是上好的山料制成。

籽料的魅力在于皮色的精美和独特性。籽料的玉肉有上好的，也有次的。山料虽不是独一无二的，但是山料的玉肉也有上好如籽料的。

这枚玉璜制作之精美，玉质之精纯，如一面活水。玉璜护心，我佩戴它，安静如闲草。

齐家玉璧

苍璧礼天。苍璧的意思是青色或青碧色的玉璧。天圆地方，所以圆璧礼天，方琮礼地。璧用天的颜色，青玉；琮用地的颜色，黄玉。

祥夫先生说，这是一枚史前玉璧。史前，没有书面记录的远古，那就是夏商周之前的新石器时代。

汉前的玉被称为高古玉，明以前的玉被称为中古玉。从出土的玉器来看，八千多年前人类就发现玉、亲近玉、尊崇玉、加工玉，让玉成为神器。四五千年前的新石器时代，出土玉器规模最大的是齐家文化、红山文化和良渚文化。其中的玉璧数量惊人。此时的玉璧光素无纹、扁平圆形、对钻中孔、抛光如镜，砣机和解玉砂打磨的玉面在反光下可以看见不同角度构成的面。

分辨传统高古玉有两个重要方面。一是原料与赝品的区别，要记住两个字：熟、青。这如同熟水果与青水果。高古玉的硬度及密度表现得不均匀，像是熟透的水果；而高古玉赝品则是很均匀的，有青涩感。二是原始皮色与赝品的区别，要记住两个词：柔和、生硬。这如同熟饭与生米。高古玉原始皮色斑驳多彩，橘皮感自然；而高古玉赝品则是缺乏皮色的自然过渡，质感显得生硬。

我为什么会觉得它是一枚齐家文化玉璧？这大约就是玉和人的感应吧。

我并不是古玉研究者，更很少有机会亲手盘摩、观察、解读古玉。我第一次接触和拥有古玉，是祥夫先生赠送我的一对冬瓜霜保留完好的西周凤鸟玉璧。

2018年12月，祥夫先生到北京开会，赠我这枚青绿色半透明的玉璧。它的直径是五厘米，壁厚约三毫米。祥夫先生说，这是一枚史前玉璧，新石器时代的。我猜，良渚（长江下游）？红山（内蒙古至东北）？龙山（黄河中下游）？仰韶（黄河中游）？齐家（甘肃兰州到青海一带，渭水上游）？……

我想起在良渚博物院遇见的玉璧，它的色泽更深厚混杂，宛若一块正宗的和田碧玉籽料，几乎不透明。但当地人认为良渚玉材来自江苏溧阳的小梅岭，究竟良渚的玉里是否有地道的和田玉，至今尚无定论。

我在网上搜索史前玉璧图，对照眼前的这块玉璧，看它究竟更契合哪一种文化。

齐家文化的玉璧形制和玉肉特征与这枚玉璧吻合。

它的表面有一层细腻的光泽，这是祭祀用玉流传千年的特征。它的内里有细细密密的次生针尖状晶体。其圆形并不周正，玉璧孔也不对称，表面有横向推磨截面痕，这是人工切割玉片留下的痕迹，细致的磨砂处理令玉面呈现亚光。玉璧厚度不匀，会有斜坡面。玉璧孔钻口是外喇叭状，有波浪螺旋痕；内孔有被侵蚀的坑洼，有暗红色的铁沁，沁色自然渗透，有沁色在玉面形成的凹陷，仿佛被土咬一般，也有白色的水沁。所谓"饭糁"，是指在玉的里面生成的点状、颗粒状的白色物质，就像玉的里面有大米饭粒、小米饭粒。这种沁色致密的情况需要两千年以上的时间才能形成。专家说齐家文化的玉璧玉质滋润，色泽纯美，透明洁净，散发幽光，熟糯稳重，玉璧气质非常朴素，这个也完全吻合。

齐家文化遗址出土的玉其实有很多种，和田玉、绿松石、

260

石英玉、马衔山透闪石玉，以及叫作祁连玉的蛇纹石玉。我手中的这枚玉璧当然是甘肃马衔山透闪石玉。我用小刀的利刃划一下，玉璧丝毫无损。

一枚齐家文化的玉璧是很昂贵的，而祥夫先生却慷慨赠予。当我凭着对玉的敏感认定这是一枚齐家文化玉璧的时候，我用微信问祥夫先生："这样断定对吗？"他答曰："对。"

齐家文化距今三四千年，存在于夏朝之前，那是一个光明美好、清洁宁静、岁月静好的新石器时代。新石器时代是这样定义的：

> 人类开始从事农业和畜牧，将植物的果实加以播种，并把野生动物驯服以供食用。人类不再只依赖大自然提供食物，因此其食物来源变得稳定。同时农业与畜牧的经营也使人类由逐水草而居变为定居下来，……人类生活得到了更进一步的改善，开始关注文化事业的发展，使人类开始出现文明。

古玉生烟

油润青玉

　　蒋勋说《红楼梦》的时候戴了一块玉，是个平安无事牌，制式应该是清代的，长方无纹、四角柔圆，子冈是也。这块老玉，油厚温敦。什么颜色的呢？绿豆沙的深青色，但绝不生，很密实很滋润，托在掌心一定实沉油手。老玉好玉是不讲颜色的，就讲缜密和老熟，品相齐整。我看蒋勋戴这么块玉，就觉得很对，他是难得的斯文款款之人嘛。

　　一个人戴一块真正契合自己的玉，这是难得的。大多数现代人觉得戴一块大白玉会显得威风凛凛，这种风气显得过于肤浅。白玉要好，那也得熟透，所以有羊脂玉这个高级名称。那年在毕节，我第一次见祥夫先生，他戴了一块新石器时代的阴线龙纹碧玉籽，这很对，我看出了他审美的不俗。

为什么这就不俗了呢？玉重质和其托载的传世文化，并不重颜色。商人尤其喜欢青玉，妇好墓出土的七百多件玉器大多是青玉。偏偏后世之人多乃好色之徒，所以有了一红二白三黄四墨五青六碧七糖的等级之分。

油敦敦的老和田青玉不好找了，齐家文化里马衔山那种独特的湖绿色玉几乎绝迹，辽宁岫岩的河磨玉里尚有滋润的青黄玉。我很羡慕蒋勋拥有那块青玉平安无事牌。

我有一块青玉籽料，经过略微打磨修型，保留了玉皮上的一点儿僵，僵边出细肉，这块青玉质地确实细腻，几乎无结构。但它是现代玉，新玉，没有经人佩戴，虽然缜密油润，但不老厚。新玉往往缺乏内涵，这是事实。玩老玉的人几乎不玩新玉，这是铁律。这块玉我送给了千夫长先生，他为此写了一幅字："青青子佩，悠悠我思。"

大洪水和玉

怎么说呢？只要一梦回到五千多年前的那段时光里，我就呆住不动了——大水苍茫，白浪滔天，地球的整个大陆被水覆盖，这可真是干净了。据说，只有极少数幸存者逃过了这场大洪水，除了挪亚一家八口，还有哪些幸存者呢？他们当时身在何处？

2022年初夏，祥夫先生送我三样宝贝，一是商末西周玉鱼，二是红山玉玦，三是古埃及青金石雕刻的小猫。我研究了一番玉鱼后，将它寄给了广州的千夫长，他的平行猫公司刚刚开张，是为贺喜，猫有鱼也，他也喜欢这条古老的鱼。他是收藏家，虽然我不知道他的镇宅之宝究竟是什么，但我知道他有一方明朝的端砚，上有晚村的落款、吴昌硕写的六字对联。我注意到砚心的正圆凹槽是手工凿的，这和治玉的道理是一样的。现代制玉不是古时的琢玉了，所以就没那味儿了。那是什么味儿？想起木心的诗句："从前慢。"

古时手工的高明就在于虽然工作缓慢，一毫一毫地推进，但整件最终是晓畅圆满的。何为圆满？就是将认真、努力、聪慧的匠心留在里面。歌唱家李健说人没有完美的。自认为完美的人一定不完美，反而自知不完美的人有可能趋近于完美。现代机器制造出的产品虽然刀光剑影杀伐果决，点是点，线是线，面是面，但里面没有心，也就是灵。我们对一件物品爱不释手，仿若能够与其心灵沟通，说它有灵性，就是这个意思。

当时，我面前放着古埃及的青金石猫和红山玉玦，它俩都是五千多年的老物件了，一个来自地中海，一个来自内蒙古赤峰。我激灵一想，五千多年前，那是大洪水的年代，那么它们经历过大洪水吗？或者它们的主人知晓关于大洪水的一些事吗？它们是如何度过大洪水时期的？经历沧海桑田后的某天，它们又惊艳亮相于熙熙攘攘的人世，经过多少次辗转，到了你那里，再到了我这里。

比红山文化还遥远的兴隆洼文化，距今约八千年，猛然地就消失于一场大洪水了？长江下游的良渚文化亦是猛然地消失于一场大洪水。2019年夏天，我参观良渚博物院，那是一个好地方，玉器丰富，一块深绿色的巨大玉璧给我留下很深的印象，因为这块碧玉的质地与和田碧玉籽料太像，我不禁怀疑良渚的碧玉来自昆仑山。但专家说良渚的玉来自江苏的小梅岭。小梅岭现在也有透闪石玉矿，但玉质很不好，有粗米颗粒感，那里玉的颜色主要是青绿色和青白色。所以我十分怀疑，四五千年前昆仑山的玉就已流转到长江下游地区。兴隆洼文化和红山文化的玉用的是岫岩河磨玉，透闪石玉才是真玉，河磨玉是真玉之一。

这人世最惊心动魄的莫过于远古的那场大洪水了，汹涌洪流比《红楼梦》里的白茫茫的大雪还干净，但终有什么留了下来。我呆呆地想着，想不出什么来，却仿佛想着比洪水还大的事。

微小局部

人类在有限的认知里努力将一切梳理得逻辑严密。但其实呢？在人类已知的历史中，似乎存在着百分之九十九的部分是无法填补的空白，而我们只是生存在不到百分之一的片段中。

上一个被彻底毁灭的人类文明，究竟留下了多少零星痕迹传承至我们。或者说，现在这个文明是异生长的，已经不再是上一个文明的样貌了。

当我们追溯先祖，他（她）手执玉片敬天礼地，为什么他（她）要这样做呢？红山文化的玉器上有神灵的形象，神灵的样子又是怎样的？

人类文明的发展如一把尺，则出土的玉件就是刻度线。

兴隆洼文化的玉玦——中华第一玉，让我们的认知能够回溯至约八千年前。然而，再往前呢？一片黑雾，我们无法得知。

我们看见的岩画，出土的石器、陶器、玉器、青铜器……它们庄严地宣示着：这就是人类文明的曙光时代！然而，这只是一场大灾变后新生人类缓慢成长的过程。我们只是宇宙长河中微不足道的一部分。

这些引人注目的器件，保存了人类在精神探索中勾勒出的至高美学。与之相对的是物质世界的实用主义。若没有精神美学的保驾护航，物质世界很快就会坍塌。一个令人震惊的现实是，地球上所有的城市已经被不可消解的垃圾团团围住。

玉
路

祥夫先生告诉我不要把红山文化和草原文化混淆了，尽管赤峰属内蒙古的地界。

他说，草原文化没有玉石文明，草原文化是青铜文明。

游猎和游牧对应的是黄河、长江流域的农耕。那么上古时候的游猎者和游牧者都是些什么人呢？他们不爱和田玉，爱青铜、黑铁、黄金。

夏商时期，北方草原的西边活跃着来自中亚地区和俄罗斯草原的斯基泰人，史载之人类最早游牧民族，他们属于东伊朗语族的游牧民族，与波斯有文化亲缘关系，"斯基泰"的意思是射击和游荡。草原的东边则活跃着通古斯人和蒙古人的祖先，他们是森林地带的游猎和渔猎民族。

斯基泰人在西域与其他民族逐渐融合，秦汉之后被称为胡人（有古籍将波斯称为胡）、塞种人等，区别于蒙古人和通古斯人。

为什么要放眼北方草原？因为商代就已有一条成熟的玉石之路，使得和田玉得以自昆仑山过草原进入中原。妇好墓出土的近千件和田玉器就是明证。

《穆天子传》中，周穆王曾经来到祁连山下黑水（弱水）河畔的"禺知之平"，受到了月氏人的热烈欢迎。《管子》记载，"禺氏"人当时手里有不少高级玉器，希望能以白璧与中原王朝做生意。由此可见，早在"丝绸之路"开通之前，河西走廊已经被月氏人开发出了一条"玉石之路"。

西域昆仑山产和田玉，但草原民族只以玉为商品，并不自用，他们更看重金银器、青铜器。这与他们在马背上活动居多的日常生活方式有关，因为玉易碎。长期在草原上迁徙的生活方式不适宜佩戴和收藏玉。

今天的新疆，部分民族的人民依旧重金饰、轻玉器，这里面必然蕴含着深层的民族心理因素。相比之下，中原农耕民族则对玉有很强烈的文化认同感和亲切感，大有溯源分析的必要。

兴隆洼文化、红山文化、良渚文化、齐家文化都是新石器时代渔猎采集农耕部落（古方国）创造的。显然，它们以玉器彰显着与草原文化迥然有别的文明特征。

古玉生烟

271

真玉唯一

　　玉种有鄙视链吗？并没有，而是直接颠覆——既然唯透闪石、阳起石玉在古时候呼之真玉，其他玉种可谓假乎？

　　虽不能称作假玉，但观之如玻璃或涩蜡。李商隐的诗句"蓝田日暖玉生烟"。蓝田距长安（今西安）不远，约四十千米，陈忠实先生笔下的白鹿原就在这一带，产蓝田玉。我曾得过一套墨绿色薄胎夜光杯，就是蓝田玉做的。它是大理石岩带里生成的方解石、蛇纹石玉。

　　岫玉也是蛇纹石。河南、辽宁、新疆有岫玉，人们一说这个就把它搁在和田玉对面了，此真彼假。在新疆没人买岫玉，这点倒是真。

　　岫玉在新疆被称为卡瓦石，也叫水石，会被用来冒充黄玉、青玉、墨玉。"卡瓦"是维吾尔语，意思是南瓜，形容此玉质地和南瓜一样软，否定态度满满。卡瓦石掂在手里比和田玉轻飘，玉面干涩，透光性强。谁若被商家欺骗，买了岫玉回家，那是要得心绞痛的。所以多年来我不大理解一个人特地买岫玉镯子佩戴的心理状态，难道不应该是心态崩塌吗？

在古时，尤其是上古时期，先民们往往就地取材制造玉器，敬天礼地用。就地取材的玉通常色泽不够温润，石性大、韧性低。要分辨岫玉与和田玉，用刀划一下，岫玉会留下刻痕。到了商代，昆仑山的真玉可抵达河南殷地，到了周代，和田玉更是大量被使用。

还有一种新疆人心中的假玉——石英石。阿勒泰山谷准噶尔盆地的金丝玉就是石英石。金丝玉能用来干什么呢？反正无法彰显玉德。云南的黄龙玉和阿富汗白玉也是石英石质。

玉德从和田玉里来，有德之玉为真玉。

当年我默然地面对那一套蓝田玉做的夜光杯，心情非常复杂。无论是蓝田玉本身，还是它呈现的夜光之美，均可堪称华夏古典美的极致。但我喜欢"玉生烟"三字。李商隐的诗我都喜欢，如果我只能喜欢一位古代诗人，那定是义山兄。"蓝田日暖玉生烟"的后两句是"此情可待成追忆，只是当时已惘然"。多么古雅。

上古时期，先民们就地取材的玉，最好的是辽宁的河磨玉和甘肃的马衔山玉。这点祥夫先生和我是有共识的。

古人称真玉之外的玉为"杂玉"。

玉传奇

公元前965年，以色列的王是所罗门王，而中华天子是周穆王。他们二人同时代生，同时代故。与他们相关的两位女王，一位是非洲东部的示巴（今埃塞俄比亚）女王，另一位是西域昆仑山的西王母。

很巧合的是，所罗门王和周穆王都被史册记载为智慧之子，好出游远行。示巴女王因所罗门王的智慧而爱上他。西王母爱上周穆王，大约也是因为他的智慧。

之所以写下这两对人儿，是因为所罗门王与示巴女王是彼此相爱的，而周穆王和西王母，西王母是单方面的热切追求，而周穆王去昆仑山实为"搬玉"。当西王母吐衷肠："白云悠悠啊，道路长啊，你何时再来？"周穆王敷衍之：

"百姓需要我的治理，回去料理国事三年，我再来。"

周穆王永不再来了，带了百车美玉扬长而去。"渣男"的鼻祖也。

而示巴女王生下所罗门王的儿子，这个儿子在某年跋涉万里之路去以色列看望父亲所罗门王，所罗门王大喜，要将王位给他，儿子拒之，返回自己的国家，所罗门赠金约柜给儿子，这金约柜至今仍在埃塞俄比亚某处。

示巴女王的后裔自号"犹太雄狮"。回望烟尘往事，可知爱情须有两个证据，一个是子嗣，另一个是信物。

西王母未与周穆王有子嗣，也没有爱的信物，终究是单恋一场的梦里花落知多少。

玉在周穆王的眼中就只是宝物，西王母赠玉却是赠心。古时候关于玉的传奇，这是其一罢了。

玉文化

有一年我读古埃及的《死亡之书》，竟然遇见"碧玉"二字。碧玉心形护身符——金质边框内嵌碧玉，上面镌刻咒语，可追溯至公元前1300年左右，那就是距今三千多年了。

古埃及人热爱蓝色、绿色、金色。蓝色主要来自阿富汗的青金石，它是最为贵重的。绿色主要来自碧玉，古埃及人的配饰用玉只见碧玉。他们酷爱黄金，尼罗河盛产黄金。

那么，他们所使用的碧玉来自哪里？毗邻阿富汗的巴勒斯坦出产碧玉。

地球南部的新西兰也出产透闪石碧玉。祥夫先生曾跟我说："草原带文化是全球性的，鄂尔多斯是草原带文化研究在中国的一个重点；而玉文化覆盖范围较小，主要包括中

277

国、墨西哥（玛雅文明、奥尔加梅文化）、新西兰（毛利人碧玉文化）的一点点。"

古埃及人使用巴勒斯坦碧玉，也只是将其作为艳丽色彩宝石用于装点，并未成为精神瑰宝和灵魂洗礼。这就像今天大都市流行佩戴的钻石一样，钻石承载了多少年的文明？没有，它就是商品。

恒
质

　　中国四大美玉——和田玉、独山玉、蓝田玉、岫玉。

　　独山玉的主要成分是辉长岩，呈粒状结构。蓝田玉的主要成分是方解石，呈粒状结构。岫玉的主要成分是蛇纹石，呈纤维交织结构。和田玉的主要成分是透闪石、阳起石，呈纤维交织结构。此外，准噶尔盆地的金丝玉的主要成分是石英石，呈粒状结构。

　　纤维交织结构发育得越好，玉的硬度和韧性则越高。出土物里毛毡、地毯、丝绸是纤维交织结构，它们有条件在地下多年不腐不散，甚至完好如新。和田玉的好就在于它的纤维交织结构发育老熟，已达毛毡状，于是在致密中焕发温润珠光。岫玉虽然具有纤维交织结构，但它的纤维交织角度未达到最优标准，且比重较轻。

玉界的结论是：纤维交织结构的玉石，韧性强于粒状结构或纤维束状结构的玉石；毛毡结构的玉石，韧性又强于纤维交织结构的玉石。

和田玉的结构呈毛毡状，翡翠的结构是纤维束状交织，所以翡翠虽硬度高，但韧性相对较弱，不如和田玉。其他粒状结构的玉种，脆性大。

独山玉也叫南阳翡翠，因其色泽鲜艳如同缅甸翡翠。但翡翠的主要成分是辉石、闪石、长石，呈纤维交织结构。尽管独山玉硬度可达6.5级，但在韧性方面，根据通常的评级指标，如果黑金刚石的韧性为10，则和田玉为9，翡翠为8，其他玉为5以下。

最早关于翡翠的文字记载可以追溯至北宋时期的欧阳修，他曾提及家中有一块绿颜色的玉，本以为是碧玉，但其实是翡翠。

翡翠颇有盛世气象，也可言贵胄之气。我的玉友查姑娘几年前送我一个飘绿冰种翡翠吊坠，我是配了金链子的。虽然我不戴金，但对于翡翠来说，是要用金来配的，这可真是金碧辉煌得没法戴。

"帝王绿"是慈禧喜欢的。清代，翡翠成为宫廷珍品，纪晓岚云，比真玉贵（人世浮华）。古人仅称昆仑山和田玉为真玉。凡玉皆要与真玉比较一番，因它是永恒的参照者。

和田玉埋地里几千年可珠光如新。而出土的翡翠，常常破败不堪（祥夫先生云）。所以翡翠即使美艳欲滴，其恒久的品质和传承的底蕴仍无法与和田玉相提并论。

贵胄之气没有什么好。我对慈禧也没有什么好印象。

古玉生烟

卑南碧玉

十年前，我去台湾参加书展活动，鬼使神差地搭乘清晨的绿皮火车去往台东花莲，也去了台中的鹿港小镇，买了日本花布、台湾花布、琉璃南瓜。花莲是有温泉的，而且可以看太平洋蔚蓝色的海浪，非常干净，让我深刻体会到什么叫环保。海边的咖啡屋颇有情调，海浪冲向我和同事龚艳。我们同年生，如果三十六岁算是俱已老去，那么在那一刻，我们都还不知道未来的去向——她会嫁给北京"土著"，我会于颠沛中终得遇正缘。

花莲之旅实在是太美妙了。到达的当夜，舞狮队在圆月下出动了，这是海边乡间的夜，我们趴在阳台上看暖暖的人间老情味。那天是元宵节，我们泡了温泉后踱步下楼，深夜街边的店面还开着，喜气洋洋的，舞狮队来讨过红包。这是一家水草纹玛瑙店，玻璃柜台明晃晃的，玛瑙切割成方的、圆的、椭圆的，适合佩戴，透明的玛瑙肉里有舞动的水草纹样，价格五十元到两百元，我们看了很久，挑选着。然后我遇见了台湾碧玉。

说来真是神奇，我偏偏就能够寻到有真玉的地方。玛瑙中的极品是甘南南红，也叫赤玉，现在的玛瑙没有一个敢叫自己赤玉的。而就在某年，我因王小忠兄的邀请去甘南讲座，然后就在那里遇见了几乎绝迹的甘南南红。我不禁感慨，一个人怎么能够独自去花莲，还能去甘南，这两个地方都是要舟车劳顿辗转抵达的，这确实是我的奇迹。

那家水草纹玛瑙店的主人是一对退休的大学教授夫妻，他们既斯文又有耐心，我们一起挑选玛瑙，尽情享受交流时光。我突然看见了碧玉，我问他们："这是真的碧玉吗？"他们微笑地点头。

那就一定是，因为我知道他们不会骗人。花莲碧玉与和田碧玉确实不完全一样。花莲碧玉是深绿色的，很沉，看着缜密结实，有蜡的光泽，既不是温润的也不会水透，玉肉内含"玄色"，略见杂质，但又不是大理石石相，它独有硬朗

古玉生烟

通达的风采。后来我搜索花莲碧玉，正是这些特征，和新疆北部玛纳斯碧玉很像。

透闪石玉密度高，所以压手心，我相信这是真玉。这是花莲碧玉雕的一条绿龙，略盘曲，很聚气，雕工拙朴，但也生动。我买下了。

红梅十八岁那年，我用和田碧玉珠链穿上花莲碧玉龙做成一串项链，再寄给她。我嘱咐她，一定要好好爱自己，先爱自己再爱世界，她配得上拥有一切美好。

花莲碧玉发现于20世纪四五十年代，大量开采加工于20世纪60年代，那时花莲某些山镇家家都做玉。我可以做证，花莲碧玉着实有它的味道，比如这样敦厚的玉做夜光杯，那就极好了。后来为了环境保护，花莲停止开采碧玉，碧玉如今就变得稀有了。

贝加尔湖也出产碧玉，也就是我们通常所说的俄罗斯碧玉。这种玉虽不够温润，似玻璃，但极其明艳。我不知道未来是否会抵达贝加尔湖。

两三千年前的卑南文化，主要使用的就是花莲透闪石碧玉。各种形制的玉玦是卑南文化的鲜明标志，看着一长排玉玦的切口整齐朝上，不禁让人真心地认为，玉玦等于通天。

西周之前

一个人翩若惊鸿是很吓人的。洛神可以翩若惊鸿，人就不要做出这种姿态了。曾国藩说："端庄厚重是贵相。"

古玉里素器真是最好看的。红山玉、齐家玉、西周玉，无一例外。祥夫先生送我的一对西周凤鸟纹玉璧，凤鸟纹简约流畅，饱满完美。千年白玉变得宛若秋葵一般的浅黄色，和凤鸟纹匹配，真是雅致幽静极了，充满了丝绸般的光泽。它们一点儿也不翩若惊鸿、大放异彩，但常常让人凝视，展现出一种神性之美。那时候人类的心灵里还有神性。

西周往后，玉上的花纹愈来愈密，密匝匝。玉器的款式也如百货林林总总，神玉到王玉、战玉，到官玉，再到贵族玉，最后到烟火玉，七八千年演绎至今，玉的样子真是让人掩面不敢看了。因此现代玉里只有籽料最好看，可以说现代人做出来的任何玉器都不好看。

我有一个四斤重的碧玉籽料，像一座青碧色的山，有皮薄馅大之感，厚实且呈椭圆状，岁月已将其盘熟。姐姐嘱咐我，不要去切开或加工这块碧玉籽料，因为那样就是辱没了自然界捧出的美丽。

我虽然只喜欢素器，但也很想了解古玉上的各种常见花纹，比如云纹、谷纹、兽面纹，以及它们所蕴含的寓意。

一个个翩若惊鸿的玉件——现代玉展每一件作品都这样，我常感困惑，它们并不吸引我，它们被成功地转变了属性，成为彻底的商品。这个顶吓人。

书法从"汉简"之后就翩若惊鸿了起来，我却只喜欢"汉简"之前的书法样子，就像我只喜欢西周之前的玉。

这两天我在想，人心最高、最好的境界是什么？正念，大觉，于混混沌沌中保守天真无邪，无欲无求，物我两忘。

这样写出的字、琢出的玉，才会好。

假玉堂皇

2018年我去贵阳，白天在黔灵山下的大街上闲逛，贵阳的街道非常宽，两边的建筑高大威猛（真的得用这个形容词），而且干净大方，于是我便喜欢上这座城。正万带我们进了一家特产店，我买了一条绿底白花朵长丝巾，丝绸厚实如土布，它至今仍是我的珍爱之物。

我们还遇见了一家玉店，专卖罗甸玉。罗甸玉是广义和田玉的一种。玉界，尤其玉商，把含有透闪石成分的玉都叫和田玉。"和田"二字已经不是特指出产地了。真正爱玉的人只坚守狭义的和田玉，就是昆仑山下和田当地的玉，此乃真玉。也就是说，广义的和田玉概念里的青海料、俄料都不能算作真玉。它们都是山料，清代以前没有昆仑山系青海料、俄料，古人没有见过它们。随着现代机器开矿技术的发展，这些山料被开采出来，但它们有基础性缺憾，那就是普遍没有熟透，所以无法抵达至温、至润、至韧的境界。

我走进贵阳的那家玉店，低头看玻璃柜台，罗甸料真是一片整齐的白瓷相。准确地说，罗甸料虽含有透闪石，但它的白棉多，束状水线密集，形成似米浆的玉肉，且因石性大，于是具有了瓷感。

我当然惊讶到把嘴巴变成了O形，我惊叹于这种石相的玉也能煞有介事地做玉件。

和罗甸玉类似的玉还有广西黑青玉，虽然颜色不同，但它们都含有透闪石的石相。韩料也与此相同，是灰白色、灰黄色的石相玉。

没有熟透的青海料、俄料，以及具有石相的罗甸玉、广西黑青玉，其实都不该如此大肆开采，为了产业而不顾自然保护，说是为了经济，但其实并没有竞争力。

泰山有墨玉，但泰山墨玉的成分是蛇纹石。和田墨玉的油润、细腻当然是举世无双的。不良商家把泰山墨玉说成和田墨玉，似乎也会有人买单。

具有石相的玉用作石材就好，或者更应保护山体不让其被过渡开采。花莲碧玉早在20世纪就被强制停止开采了。甘南迭部出南红（赤玉）的神山也很早地就被禁止开采了，当地藏民在保护它。这就是秉守玉德。

假玉堂皇做真玉，人世间的事到了玉这里，全都能看明白。

古玉生烟

九龙佩

　　贾琏与尤二姐之间关系暧昧，暗戳戳地赠她汉九龙佩。这可就一玉定终身了，然而不得善终。九龙佩是玉璧，随身佩戴之用，为汉代王室贵族专有，其举世之贵重可见一斑。尤二姐便信了从了。

　　从红山文化、良渚文化、齐家文化的史前素璧，发展到夏商周时期的雅致花纹浮现于玉璧表面，再到战国与秦汉年代，玉璧呈现出空前的花团锦簇之态——形制上有了出廓，花纹采用密集的谷纹、云纹、回纹、弦纹、蒲纹、涡纹、龙纹、朱雀纹、虎纹，镂空技法大行其道。这般观之，不由令人遐想，汉代何其繁丽浮靡，且不庸俗。

　　浪荡子贾琏留情尤二姐所赠九龙佩，乃玉璧上浮雕九只龙，呈穿云破雾奔跃状，当是白玉，掌心大小。我在电视剧《红楼梦》里细看这一节，那玉佩果然与出土文物中的九龙佩形制如出一辙。尤二姐用水袖遮住九龙佩，贾琏眼泛桃花，这对男女自始至终都处于一种不妥和尴尬的状态。

"开到荼蘼花事了"，对于繁华盛大可真是不要盲信，倒不如质朴守拙来得妥当。高级的文明可与老子的《道德经》对照，这也是素璧所蕴含的真知灼见。

古玉生烟

玉
烟
火

　　玉工艺化、风俗化、寓意化、戏剧化、诙谐化，美观实用，呈现了人物、动物和植物的写实形象，诸如童子观音、笑佛送财、三阳开泰、龙凤呈祥、寿仙祥云、八仙人物、三国人物、松鹤延年、观音送子、三娘教子、独占鳌头、一马当先、年年有鱼、葫芦福禄、如意蝠蟾、五子登科、鸳鸯母子、狮子辟邪、太平有象、十八罗汉、瓜瓞绵绵……玉器有实用性，如香筒、熏炉、笔洗、笔筒、砚台、纸镇、尊瓶、杯壶、盖碗、平盘、山子、花插、烟壶、插屏、如意、摆件……

　　清代的玉件陡然从云端跌落至平民百姓的生活中，体现出一种烟火气息。神性已殆尽，以人的心、思、手爪，去治玉。又爱卖弄机关，透雕活环，绞丝满工，颇为花里胡哨。

红山文化的朴拙，实则藏着慧和厚。清代玉器很多是真的拙，且藏着笨，并不朴，讨得人的欢心，迎合世俗的眼光，是第一要义，繁花叶簇鸟双兽对玉器起盛于宋。清亦有宫廷精美玉器，过于精细，几如工艺品，缺失原创性，终于庸俗。

这股子气越过民国来到当代，当代的玉件有精美者，可引起众看客哗然惊讶，也究竟只是合了俗眼，当玉器等于商品。

诗歌是汉乐府之前的好，魏晋尚有佳作，那是人子的纯真世代。玉到了明代就堕落了，那是一个能工巧匠辈出的时代，明代玉已显喧哗。

清代沿袭明陆子冈牌，大小有度，方中柔圆，玉质凝腻，正面浮雕人物故事或风景瑞兽，背面浮雕诗文，虽文气焕发，但纹饰堆砌，亦有市井气。

清代玉器的代表作是青玉大禹治水图山子，重达五千千克，终究劳民伤财，不忍直视，此非玉德。记忆里最入眼的清代玉器是哪一个呢？我似乎没有遇见过。而红山文化的碧玉C龙、良渚文化的深碧玉大玉璧、凌家滩文化的三角玉树和环龙、龙山文化的玉璇玑、石家河文化的团凤、殷商妇好墓的立凤，让人过目永念。

玉语

十多年前，我在湖北一个乡村目睹了雷公打字的奇景。二三十米高的黑色石崖，不是很高，但也需仰视，字像模像样，但谁也不知道这字究竟是什么。我的眼睛近视，其实看不清，不过这字的确就在那石崖的壁上，古时一个电闪雷鸣的时刻，字被打了上去，从此村里的人代代相传。

未识之神所书写的字，根据《圣经》，人间有上帝在石板上写的十诫，摩西求得，返回人众，颁布诫命。后来石板被摔碎，上帝又写了第二次。可见上帝写的字，古代的犹太人是识得的。

雷公写的不是人间的字，许是另一个平行时空的文明的字。那些一笔一画、方方正正的符号，被我们认定为汉字。

雷公打字就是这个样子，人子无不仰慕，都抬头看，看不出任何端倪。

玉确实很神秘，就像雷公打出的人所不能识的字。约八千年前的兴隆洼文化玉玦，它的器型就是一种语言，那么它要表达什么？这枚玉玦是迄今人类发现的远古最早的玉器之一。玉作为文明的载体，再合适不过了。它是世上最坚韧、最不朽之物，美丽且华光内敛，宛如神物。我每天戴着我的远古玉玦，它成熟周正如"汉简"，必然如此，如此如是。它是如此决断，如此真实。

玉璧和玉琮代表着天圆地方之意。玉龙从何而来呢？不约而同地，东北红山文化和长江下游凌家滩文化的遗址都出土了眉目身子清清楚楚的周正玉龙。若世上无龙，人类又何必要假想出这样一个非抽象之生灵？饕餮纹和兽面纹很抽象，而龙是具象的，你注意看龙的吻部线条和飒飒龙须，真是细节饱满，活灵活现。人类其实不能创造任何生物，若一个生物极其真实而自然，它不会是人类空穴来风的捏造之物。

我想，龙一定存在过吧，并且它与神人是一个时代的，或许真的就是神人的座驾。说到神人，我想到蜀地三星堆神人的凸起甚至是立体的眼睛。红山文化里的神人，眼睛虽不如三星堆的那么突兀，但也是向外突出的。两处文明不约而同地刻出一样的神人。

最近我回了一趟重庆，梅雨季节，屋中几处家具都发了霉，湿气的味道很重，我一面仔细擦拭，试图让它们重返光鲜，一面想起"万千宫阙都做了土"这句。而真玉即使万年也大概率做不了土。用玉记录和流传人类所见所思所想，真是再合适不过了。

天工

　　有一年，祥夫先生从大同远赴新疆昌吉参加笔会。走在大街上，他被一家玉店吸引，毅然推门而入。店内白晃晃一片，"哎哟！"他几乎叫出了声，"玉的光怎么能是刺目的？"

　　俄料干涩，青海料水透，抛高光，使其显得莹洁喜人，但高光不是真玉该有的珠光，那种白惨惨一片映入眼帘，确实令人不快，玉当真在玻璃柜台里变成了批发商品，这是很无趣的。

　　关于现代玉，能讲一讲的也就是玉质了。至于造型和雕工，唐宋之后早就没落了——即便它们花团锦簇或贵胄威猛。如乾隆之俗，玉上题字可真不好。总之是一路陡坡俗下去，终于到了现在，唯籽料原石耐看有品，天工胜过人工；

远古时的匠人秉持天心，则人工里也满是神意。

现代若论一块玉，说它真是好，那它一定是独籽满皮或留皮玉件。光溜溜的山料当然有好的，但缺少籽料的独立生命体和世间唯一的那味儿。籽料摔摔打打、翻翻滚滚千万年乃至亿年，内应力练就了得，玉肉修得凝腻。羊脂级的白玉恰恰闪点粉、黄、灰、蓝、青，不会像白卡纸的白。然而，人们常常将未熟透的玉视为珍品，可谓人间一大傻。

我有一块独籽满皮的大兔子，羊脂级玉肉，白里闪着淡淡的灰，抚摸其白皮，就像奶皮一般。好玉一定是温润的，很柔和、很安静。

对于现代的玉，我能说什么呢？撒金皮白玉镯很是贵气，几乎绝世，但我偏偏只喜欢碧玉籽料的圆条镯，它太缜密了以至油腻，我几乎没有烦心事，大约是因为我常常抚着它，神很定。

西周玉鱼

　　新石器时代的玉器大多光素无纹，尤其是齐家文化的玉器。到了战国时期，玉器多了线条。在这时期的玉器上，常见阴线修饰。这种修饰通常位于玉面的两端，象征着大有和大无。

　　殷商和西周的玉器，花纹典雅，舒展开阔，有凤鸟纹、三角纹、矩形纹、卷纹，留白几乎占一半，与之相较，战国玉器的花纹阵脚过于密集，谷纹、乳钉纹、云纹、龙纹、勾纹、虺纹、绳纹、绞丝纹，挤挤挨挨地列队，有共振效果，生出杀气，玉组件更令人望之如战袍，战国和秦的气场，真是阴而肃杀啊。

　　到了汉代，花纹再次舒朗并错落有致起来，雕工也从片雕、薄雕向立体雕、圆雕发展，可见人心审美的发展脉络。

以西周玉鱼为例，一般呈现直长或直短的款式，片雕工艺，如一把小刀，但往后的玉鱼一代代地更趋向于年画上的吉祥厚圆翻尾鱼。

这是我近来阅读十几本古玉书后得出的一点儿心得。祥夫先生常说远古的素璧最迷人、西周的玉最美，我想他说的美指的是古雅风范，在那个最讲礼和德的时代，人的精神之美亦由玉器折射而出。

这是一条很古老的玉鱼，一眼看上去五彩斑斓，玉质底子呈透明的白色，布满了沁。鱼尾部的沁比较奇特，像墨入了水，丝丝缕缕地舞动。鱼身虽然薄，但鱼背有浑厚之意溢出。一处地方如干旱土地的开裂，这是古玉的特征之一。沁由内而外，浑然一体，这是真的古玉。但它是哪个年代的呢？新石器时代的玉鱼数量不多，仅长江下游太湖流域的良渚文化和西辽河流域的红山文化有零星发现。

我去搜索了这两种文化里的玉鱼形象。良渚文化的玉鱼宽度是长度的三分之二，形态圆，饱满，有扁鱼相。红山文化的玉鱼抽象、朴拙、笼统，有娃娃鱼的造型，很是生动，但简朴柔和至极，光素无纹，真是大美！

祥夫先生所赠的这件玉鱼呈直型，鱼鳍刻有一排阴线，鱼尾呈 V 形分叉，鱼眼用阴线圆润勾勒，鱼嘴处开喇叭孔。商末西周时代是玉鱼制造的高峰期，直款是主要款式之一，还有如玉璜的半圆形款，显示出鱼腾跃的力量。直款里有直长款和直短款。几乎所有西周墓葬都出土玉鱼，均为片状，鱼身或直或弧，圆目张口，一般背上有一大鳍，腹下有两小鳍，尾分叉，口部穿孔，也有的在背部穿孔。到了东周，玉鱼式微。再往后的玉鱼开始有鳞片，有谷纹，复杂并趋于俗气。那么这玉鱼应该属于西周时期的了，尽管也可能经过古玉改制，就是把真正的古代大玉件切割开，做成许多小玉件，以更利于流通。鉴别这样的玉件，需考察通体包浆的自然程度和玉工的特点。这件玉鱼里有太多的文化和可能性，我对玉友查姑娘叹曰："学如瀚海！学无止境！"

玉狮子

孝庄园门前有一对石狮子，也许只有这对石狮子是孝庄皇后童年的旧物了。达尔罕亲王府于 1947 年被彻底毁坏。多年后科尔沁贝勒宰桑（孝庄的父亲、成吉思汗二弟哈撒儿第十九世孙）的后裔从海外回来，按照一张旧图寻见遗址，在科左中旗花吐古拉镇重建孝庄园。

那是被一片茂密树林环绕的地方，无人聚居，蓝天群鸟，就像谁也不曾来过，嘎达梅林的英雄往事也发生在这里，然而如今这里只剩下陪伴孝庄长大的石狮子了。她十三岁离开科尔沁去往盛京（今沈阳）嫁给皇太极，是与这对狮子作别过的。

孝庄生于明万历年间，她是明末清初人。2020 年盛夏，我从通辽乘坐大巴车前往舍伯吐，又从舍伯吐搭乘出租车行驶了二十多千米，穿过大片的林带到达孝庄园。那对石狮子真是好看啊，它们造型圆柔，很是温顺，有风化有包浆，更显灵动和亲切。狮子和猫儿一样温柔，和萌虎一样顽皮可爱，和狗儿一样驯良，这样特征的狮子形象是从什么年代开始形成并沿袭下来的？又是到了什么时候，它们的模样或如绣球太过拘谨呆滞，或如散开的菊花潦落，徒然威武？

我在古玉书里看见一只元代的瑞兽，它的模样正与孝庄园的石狮子如出一辙。或者，达尔罕亲王府的石狮子是哈撒儿家族自元代传下来的旧物？

狮子也是瑞兽之一，但不是龙生九子的玄虚。它的样子终究是基于写实但也有抽象的成分，辟邪则完全是抽象的想象之物。红山文化、石家河文化、凌家滩文化、晚商时期的高古玉里是没有狮子，但是有老虎。

神鸟

神人，瑞兽，神鸟。这是高古玉器永恒的主题。

神人和瑞兽，人类皆不曾见过，所以称之为想象，如新石器时代玉器里的龙。而《说文解字》里对龙的解释言之凿凿："鳞虫之长，能幽能明，能细能巨，能短能长，春分而登天，秋分而潜渊。"红山文化的碧玉Ｃ龙被称为"中华第一龙"。

神意的花纹，宛若天宫，如红山文化里的勾云纹玉佩。

如果人类可以想象出天宫的样子，那么夏商周玉器上的花纹，正是天宫气象。这些花纹的路数达至艺术想象力的顶端，是人类精神文明的最高表现，突破了二维乃至三维的呆板和局限，其凌厉之气几欲穿透时空。夏朝是神秘的，夏朝之前我们的先祖更是神秘的。若人类从神人而来，那么我们能够找到的关于远古历史的唯一线索也只有夏朝玉器的器型了。目前被认可的夏朝文化遗存主要是龙山文化（黄河中下游山东、河南等地）和偃师二里头文化（洛阳）。玉璇玑这神秘的玉器是龙山文化的典型，绿松石龙形器是二里头文化的代表。

高古玉器中的神鸟，如鸮，即猫头鹰，造型常呈现为张开宽阔圆满的双翅。这种造型红山文化有，凌家滩文化亦有，尽管两处相隔万里，一个在北方，一个在长江下游。凌家滩文化遗址的玉鸮，正中有八角星纹。八角星代表的是北极星吗？红山文化遗址中则有独立的八角星玉器。远古人类以如出一辙的方式表达对太阳和星星的崇拜，这是文化高度统一性的体现，是一脉沿袭还是交流？

神鸟中除了鸮，还有凤。在长江中游石家河文化（湖北天门）遗址中发现了中国最早的具体的凤的形象，可称为"中华第一凤"，蜷身环抱，娴静大雅，凤尾若芭蕉，凤冠小，样貌具象并成熟。殷商妇好墓出土的那一只玉凤，千年白玉宛如秋葵般呈现淡淡的鹅黄色，凤身舒展、雅致安宁、吉祥盛大、娴静有礼，形象同石家河文化遗址的凤高度相似。一个是卷曲，鸟喙吻翅；一个是舒展，如洛神翩然。一个冠小，一个冠大。这立着的凤或许就是商人从楚地得来的战利品。

楚人是凤鸟的后人，商人从玄鸟而来，这个鸟是燕子吗？神话和传说令人脑洞大开又无从细思啊。商周玉器上的鸟纹，究竟是燕子还是凤鸟？似乎在先秦的某天，楚地的凤鸟和北方的玄鸟就合二为一了。

古玉生烟

元神之气

有领璧和出廓璧，它们的美在哪里呢？不能够接受的审美，常是因有工匠的怪力在其中。

后世烟火里的玉件，大俗中连微雅都不见，铜钱赫然出现，寓意恭喜发财，当发财成为一个世代的普遍祝愿，人心当然很早就不古了。高古和中古时期的玉器里，是没有铜钱纹的。铜臭之气扑面而来，是当代玉器的气息。

到了元明时期，龙的样子可真是具象得纤毫毕现，龙鳞、龙须、龙爪，一笔一笔勾出，俨然写实，但有狰狞之嫌，这可真是人编造出的龙的样子了。反而是夏之前新石器时代的玉龙，翩然悠然，团聚着宁静的力量，红山文化的玉猪龙和碧玉С龙、石家河文化的抱团龙，令人见之心生欢喜，它们

308

都有万种生灵共同的胚胎形象。胚胎崇拜？那是元神之气最纯之时，待进入世间，便被冲散了，所以是最珍贵的。高古玉里常用到的谷纹，则是万种植物共同的萌芽样子，又是最珍贵的元神之气。

曾仕强说，若你从昆仑山的上方看地球，陆地和海洋正好构成了一幅太极图。有天文学家说，若你在无边无际的宇宙中回望地球，它只是一只美丽的萤火虫，闪烁着虚茫而坚定的光。科学家说，探索微世界的极致奥秘，那里呈现的是一个美丽的符号，或曰花纹，简约的一笔，安静凝止。

显然，这才是最高级的、最成熟的美。高古玉的匠心已经触及这样的境界，圆满、成熟，就连每一件玉器的穿孔都蕴含着后现代艺术所追求的老练精湛。

人心如深渊，谁能直视？谁能轻易探明？每天看高古玉的样子，唯以混混沌沌的道学宽慰自己的不求甚解。不求甚解，是保持永恒之心的不二法门吧。

古玉生烟

良渚遗址

　　良渚，位于杭州西北。当年沐浴着中华文明曙光的人类，一路从旧石器时代走到新石器时代，建成了这一座城池。

　　其实良渚就是一个国，有宫殿，有巫师，有玉，有国王，有佳丽，有稻子，有粮仓，有黑陶，有祭坛，有平民。我和猫君踩着细细软软的黄沙，走进尚在修建的遗址公园。新人类在公元 2018 年拉来千万吨黄沙复原一座古国，然后"申遗"；较真的专家发出喧嚣的声音，不断地论证这里究竟是国还是一个部族的集合。

　　"我觉得它就是国，你说呢？"

　　猫君说："我也觉得它就是一个成熟的国家，你看，它有宫殿，有祭坛。然后它神秘地彻底消失了，是被洪水吞噬了？或者和你们那里的盘龙城相似，毁灭于大国猛然扑来的挫骨扬灰式的摧毁罢了。良渚被夏，盘龙被商。"

这被掩埋的地下王国，用现代的黄沙在原址的地面上一比一重建，终究没有多大意思，但是地气还是不错的。

良渚，丰茂安静的水中陆地，三面环山，也叫美丽洲。

猫君说："这里原来是一座挺大的村庄，有十字街道，有饭店，有旅馆，为了复原古城就把村庄变为什么也不附着的荒原了，然后古城用黄沙堆砌出来。你瞧那边那个山头，村庄原班人马都去了那里。"

然后，我抬起头遥遥地望见那个山头上的云雾，就像人间的炊烟。

后来，我们终于走到了宫殿的位置，这里建起了一座观景台，飘起雨丝，又是一年梅雨季节。

那天下午，我和猫君在良渚遗址的古老土地上走来走去，都说了些什么？记忆里我们似乎没有说什么。或许是正值旺盛的初夏时节，唯绿色和溪水填满了我的记忆。

良渚博物院很是气派，于2018年夏开馆，与良渚遗址公园同步面世。我在博物院里遇见一块很大的深碧色玉璧，光素无纹，我一看见碧玉就会定住。良渚玉器里的玉管珠真是

古玉生烟

美丽动人，我觉得真正的美人的脖颈上是要有一串红霞色玉管珠的。玉勒子是玉管珠所派生出来的，适合男人佩戴。

古玉生烟

赤峰大风

我爱红山文化碧玉Ｃ龙，并在十多年前请师傅用和田碧玉籽料手工凿磨出毕肖的两款，送给两个女儿。

这已经预示了，既然我固执地偏爱着，我定会在某个不早不晚的日子，启程，向着赤峰去。

去觐见吧。中华文明的发端处之一，在那里，约八千年前的兴隆洼文化就有了对龙的崇拜（石块堆塑龙），五千多年前的红山文化中玉被璀璨使用。那是人类精神的最文明时代，那时候的天空，蓝里漾着玫瑰色。

我不知道为什么自己恰恰热爱的是龙和玉，而这两样最早出现和使用的地方只在赤峰一带。

我究竟是谁？我为何而生？我从哪里来？经历过什么？

我不愿神乎其神，貌似越陷越深，几乎荒诞，所以我得时时刻刻地保持清醒——既然我生而为人，我就得好好地活着，有条不紊，不失尊严，手心里微攥温暖，脚踝不要迈进泥淖。

赤峰一直在向我呼唤，所以我在2022年12月9日这一天，做的第一件事就是订机票去北京，再从北京去赤峰。

我在大兴机场用千夫长的墨字——风随着意思吹，将自己送上飞机，飞往内蒙古大地。

从天上看，赤峰就是一块大平地，上面搭着像积木一样的高楼，空地都填上了水泥，我若是上帝，就会暴躁，这些积木把大地弄成了荒漠。

然后大风迎接我。

赤峰一年四季都有大风。当天依然有大风。但出租车司机说，今天风小。

赤峰博物馆里，碧玉C龙的照片如明镜般高悬，我快步迎上去，久违了。

约八千年前的人类文明，有神性、精美、精致，龙凤俱出现，中华文明的源头和根基之一，在辽西苍茫大地。

但是现在的赤峰有什么呢？真的是没落了。遍地市井狼烟，人心诸多欲求和焦虑。

风随着意思吹。

赤峰有一百股大风，向一百个方向吹，肯定会咆哮几个圈，又去了九重天。

风，是当天漠北送给我的礼物。

或许是唯一的礼物。

大地上舞动的古老而美好的影子果真是太少甚至没有了。碧玉Ｃ龙是仿品，真品在中国国家博物馆。

傍晚，我站在赤峰哈达街十字路口，那里的风更大，风把属灵的消息递交四方鬼神。我穿着织锦大红花朵长裙，披散长发，神情淡漠，我就像四方鬼神之一。

风扬起我，我就越真实。

赤峰的男孩纹身的多，骑黑色大摩托，吃美国热狗。赤峰的女孩喜欢拎非常闪亮的坤包，穿绸缎裙、高跟鞋。

赤峰的公园里水泥道路和水泥场域太多。

我放眼望去，如今，八千年后的赤峰，被水泥坚壳覆盖，神性尽失。

赤峰的那个出租车司机对我说，记忆里他小时候看见的西拉木伦河水面很宽，太宽了，那个宽啊。

古玉生烟

315

中华文明的祖先，他们的母亲河是西拉木伦河。那么，西拉木伦河当之无愧地被视为中国的祖母河。

红山玉玦

　　十年前，我在乌鲁木齐红山公园一家玉店里遇见一只辽宁河磨玉的手镯，颜色比豆沙绿深很多，像碧玉，但打光看结构比碧玉整齐。和田碧玉杂质很多，不如河磨玉纯净。那只手镯非常滋润，真像豆沙糕，对，是绿豆皮的颜色，有一种豆沙雪糕，就是那种绿。这只手镯太贵了，没有买。后来我也会关注河磨玉，却没有下手过。河磨玉一年年地越来越贵了。辽宁人称呼河磨玉为"黄白老玉"。

　　新疆人从来不称呼和田玉为"老玉"。现在我有点儿明白过来了，红山文化里的玉器多为河磨玉，辽宁人口中对玉使用"老"这个形容词，估计就是从红山文化这一历史渊源里来的。为了河磨玉，我很想去一趟辽宁的岫岩。之前我为了红山文化的碧玉C龙就很想去一趟赤峰。赤峰我是去了，但碧玉C龙不在赤峰，挪去了中国国家博物馆。岫岩在鞍山南部，是满族自治县，以后肯定是要去的。

河磨老玉在人间真是老，渊源可达约八千年前的兴隆洼文化。这是中华文化之根，是中国已知的最早使用真玉的文明，是红山文化的祖宗，红山文化距今五千多年。红山文化和兴隆洼文化都在辽宁和内蒙古——辽河上游的老哈河、西拉木伦河、乌尔吉木伦河一带。那次我去赤峰，之后坐火车顺着老哈河往下，去了科尔沁，在西拉木伦河边闲走到黄昏。

我手里的这个玉件是块玉玦，而且属于红山文化。红山文化遗址发现于20世纪初期，到了20世纪80年代，大量玉器被发掘。兴隆洼文化遗址同时期被发现。这玉块已经被盘摩得光润如月亮了，用我的玉友查姑娘的话来说："玻璃光。"我给玉玦穿红绳子，戴上的时候涌起淡淡的涕泪感。如果人类文化史能够凝成一物，穿梭时空而来，那必定是它们了。兴隆洼文化也出土玉玦，色泽也是淡黄色或黄绿色。玉玦是迄今发现的最古老、最主要的玉器之一。如何区分一块玉玦究竟是红山文化的，还是兴隆洼文化的？这块玉玦略大略长，据说红山文化初期的玉玦会有这种形制。兴隆洼文化的玉玦总是规整的圆。

黄色，老熟，质肥，有两处较浅的云雾状白色沁，无处不圆边。红山玉的特点是边缘一律呈钝刃状，玉面有手工打磨的痕迹，断口处留有沙绳切割拉丝痕迹。红山文化出土的玉一定有沁，水沁、土沁，没有沁的百分百是赝品。玉玦通常不穿孔，握在手中更有决断之意。这枚玉玦有穿孔，应该是出土后现代人开凿的，为了方便佩戴。河磨老玉的色泽多呈淡绿色、黄绿色、深绿色、黄色、乳白色或浅白色，如碧玉 C 龙便是深绿色。黄色玉质是红山文化玉器中最为稀少，也是最上等的材质。也就是说，这块河磨老玉，就是一块上等的红山文化早期玉玦。

中华玉文化约八千年历史，这个时间坐标正是基于兴隆洼文化遗址出土的一对玉玦。玉玦的开口和玉心是通天的构图，体现了它作为神玉的意义。玉玦的不完满，也体现了人生的哲学意义。如果我不拥有玉玦，不拿在手中观察它，我无法说出这些关于玉的道理。而我的命运究竟是奇妙和美妙的，我所看似偶然的遇见，玉和人……

古玉生烟

西周朱雀

夏天就要过去了，秋天令人心平气静，这时收到祥夫先生的留言，他说找出了一只高古玉朱雀和一只红山玉枭，寄给我。他还说，朱雀、玄鸟、凤鸟都是神鸟，是同源的。

高古玉里的鸟，还有枭和鹰。有专家说，古玉里朱雀的样子和枭很像。枭就是我们熟知的猫头鹰。

然而朱雀是上古四大神兽之一，所以我回复祥夫先生：玄鸟生商，这个玄鸟是燕子吗？西周时有成熟的凤鸟纹，我觉得这个凤鸟纹更像燕子，然而商妇好墓里有立凤，石家河文化里有盘凤，又有说法称红山文化里的枭其实就是朱雀，我完全是混混沌沌然了，它们到底谁是谁？

这个问题祥夫先生会在一篇关于玉的文章里回答我。

现在，突然有一只高古玉朱雀飞到我怀中，挂于我颈上，我顿时感到一股富丽的精神涌现，之前因命运困顿而产生的颓唐情绪一扫而空。

朱雀是南方之神，今年开始，我便和正南方有了密切的关系。我几乎觉得珠江是我和女儿的第二母亲河，所以朱雀的到来多少有些宿命之感。

就像看见"臣"字眼就知道是商代的玉一样，当目睹一面坡的阴刻玉线，我就想到了西周。朱砂满沁的玉鸟展翅而来，虽是满沁，但依然可以看出是白玉的底子，且这白玉已经呈明黄色。喙是平的，周身、脑袋和眼睛，都圆溜溜的，像燕子。玄鸟生商。玄鸟指的是燕子。所以这个玉鸟当然不能笼统地说是凤鸟。在我这里，玄鸟就是燕子，鸮就是猫头鹰，凤鸟就是神话里的凤，朱雀是一种圆头圆身的鸟。

平喙之片雕圆鸟，是西周中期玉鸟的特点。与同时期的片雕兔佩和鹿佩，工艺颇为相似，都是线条流畅圆和，造型简练传神，显得异常秀丽。祥夫先生说它是朱雀。

以沁辨古玉的真伪。朱砂沁若晚霞般艳丽沉稳，能够穿透肌理，密布全鸟。真古玉的沁，即使经过长久岁月的洗礼，依然干干净净、珠光宝气。而用蚀的方式伪造的沁，看着非常的不干净，记住，破破烂烂不等于它就是古老的。愈老弥坚，鲜洁永存，这才是真古玉的气息。

玉鸟的下半部边缘已自然蚀化为橘皮纹，微小的凸起柔和圆润，宛如真实的橘皮，唯有玉埋千年才能生成。

这十多年来，祥夫先生年年都会突然说，有一幅画寄你，或是有一块高古玉寄你。我习惯了拥有这样的际遇，生活因此变得更加恬淡了——君子之交的心魂，美好尊贵的玉，夫复何求！

夏天我佩戴的是一块鹅黄色的红山玉玦。秋天和冬天我准备佩戴圆拙而展翅的朱雀。明年呢？其实我很想念湖绿色的齐家玉璧，或许是要取出来戴一戴了。玉很奇妙，就在屋里，却很想念。

红山玉枭

同高古玉朱雀一起寄来的，是一只红山玉枭。这只玉枭左翅满沁黑漆古，右翅圆肩上一抹黑漆古。

商周大墓里有出土红山玉，可见距今五千多年的红山玉，在三千多年前就开始流传了。东夷人过黑龙江，过西拉木伦河，将玉器带入中原，未尝不会。

到了清晚期才有辽西出土的红山玉器。它们通常保持着黄白老玉的本色和本质，稍有土沁和水沁，通体极其洁净，焕然一新。

黑漆古沁的红山玉是否出土于商周大墓？答案是肯定的。黑漆古就是水银沁，油亮的黑色沁入玉肉肌理，颇为沧桑持重。这种黑漆古的沁入，就是地道的流传玉的表现，被视为为熟坑。而玉如果在红山大墓中静躺五千多年，然后在近代、现代蓦然地来到天光下，则被视为生坑。

红山玉枭有收翅和展翅两种姿态，这只玉枭是展翅的，由黄白老玉雕成，稍宽的阴线遒劲有力，描绘出圆眼、羽翅、双爪的形状，脖颈处呈现倒三角线条，展现出生动的大写意的猫头鹰形象。它的左爪比右爪稍高，更显生动。胸腹部鼓出，显得厚实。背面用两条宽阴线将后背、翅膀分开。如此三块区域，后背内收，翅膀外扩，肩处的弧线刚劲有力。圆头的背后是牛鼻穿孔，这是对钻孔，留下了螺纹，越往深处螺纹越清晰，孔洞沁色和包浆与玉枭通体一致。

打灯看它，黄白玉肉已熟透，如果冻，又似胶质，沁色如丝如片，飘摇满布，油透之感强烈，表皮包浆如一层坚固油皮，光泽闪耀。整个玉枭的边缘呈钝刃状，这是红山玉的特点之一。

在红山文化玉器中，有些会呈现出细如发丝的惊裂，也会形成惊裂层，表现为平行的几条线条，触感光滑，这是暗绺，不是真正的裂纹，是玉器在北方冻土里埋存几千年，冷暖缩涨后玉肉肌理所起的变化。这也是鉴别不同文化期古玉的一个重要依据。真物，拿在手中，日日端详，愈发显得真实。你看那如同果冻般透明的玉质，熟透如浸满了油，还有这层层分明的绺，沁色自然，透露出一种平和的沧桑气。还有玉的气味，闻之醇厚清雅。真的细节，铺天盖地而来。若是一个假的物、假的人，其假的细节，亦是铺天盖而来。

枭在红山先民心中是第一神物，近乎图腾，如果龙算是第一图腾的话。他们认为枭的眼睛能看见生与死两个世界，亦能沟通神灵。所以玉枭是灵玉，具有通灵使命的巫可佩戴。

七厘米宽的枭算比较大的了，由一个高大的男子佩戴更合宜。有谁盘玩过这大如把件的玉枭？我仿佛又看见了他，日本留学归来，与溥仪是好友的斯文款款辽河人，现在的世间，没有这样的人了。

我的几个房子里都摆着瓷的猫头鹰，虎溪的家里甚至摆了一长溜，大大小小、萌而坚定。我的故乡布尔津的森林里是有猫头鹰的，我们从小就风闻有它，爱它，敬它。我们何尝不是小小萨满，坚信万物有灵。

高古玉难辨，但有些特征是无法伪造的。比如，橘皮纹就是其中之一，这种纹是玉埋在地下千年才能产生的，几乎和橘皮一模一样，每一个凸起都十分圆柔，又各不相同，玉件边缘仿若果子失水一般自然内收，这种特征一旦出现，就意味着这是一件真正的高古玉。我曾经拥有的那只秀丽的西周玉鸟，就有三分之一的橘皮纹，这个谁也伪造不出来。西周玉鸟送给了亲爱的妹妹，我千叮咛万嘱咐，此乃真品，要好好珍惜。

无法伪造的特征还有高古玉的冰裂纹。这种纹视之为细细的裂纹，但抚之不察，是玉肉在千年岁月里一轮轮寒暑变化中发生的断裂，若有若无，细如游丝。也有石破天惊之裂纹，那就不能叫冰裂纹了，是真正的惊裂纹。无论小纹，还是大纹，甚至如地球板块断裂般的沟壑裂纹，现代人工都仿造不出来。化学蚀咬制造的虫洞结合锐器敲击造成的裂纹，让玉身破烂不堪，毫无光气，总有一种试图遮掩的狼狈。真正的虫咬，是很精致的，我曾经在一颗藏传老绿松石上看见过，自自然然，口沿洁净。

"糠玻透析"，这个专业词语，我一开始并不了解，只是觉得我的红山玉枭通体像冰糖葫芦般，有一层厚厚的糖之冰裹身。越过冰向内注视，玉肉已经生出次生结晶，若斜草，若水晶，若冰碴，混以各种沁，可以说整只玉枭都透了，五千多年前柔和若月光的河磨老玉已羽化，这就是专业词语

"糠玻透析"的样貌了。

因为通透，所以玉件更加立体，因为通透和立体，玉件光气十足，内部沧桑，外表光滑，有包浆，有皮壳，有糠玻，层层溢彩。糠玻是伪造不出来的。

高古玉的对钻孔螺旋纹上的包浆和沁色也是不好伪造的，要做到通体包浆、沁色一致。高古玉，尤其红山文化的玉器上，会有一种"非字纹"，就是宽阴线上呈现出和谐间距的横纹。祥夫先生说，这是小砣具平转直下碾磨的痕迹。非字纹上的包浆和沁色也需要通体一致。这些细微之处，必得与全局协调统一。

玻璃璧

在古代，除了玉璧，还有玻璃璧，上面也刻有谷纹、云纹、蒲纹。这真是令人猝不及防啊，因为我们会觉得玻璃是多么普通的东西却被如此尊待。

但是在古代，玻璃确然是极其珍贵的，其价值甚至高于宝石，比肩黄金。这些在我读《约伯记》时就知道了，文中将黄金和玻璃一起与智慧相比。

《约伯记》是《圣经》旧约中最古老的书卷之一，据说为公元前1500年摩西所作。那个年代中国处于商朝初期，也是埃及开始制造玻璃并将其视为珍贵物品的时期，玻璃在当时的埃及一定为皇室专用，等同玉在中国高古时为皇族所有。

玻璃璧盛行于战国至秦汉的六百多年间，出土地主要在湖南长沙，当时的楚地。此外，后来诸多朝代也留下了珍贵的玻璃古珠。我在讲古玉生烟，但今天兴之所至，从玉越界到玻璃，未尝不跌宕得有趣。

古代还有水晶璧。目前发现的最古老的水晶璧之一是一块汉代的龙璧。南宋水晶璧素面剔透，堪称极简主义的典范，视之怡人养心。

秋天，千先生送我十九颗湛蓝色的猫眼石，我一时不能辨别它们是宝石还是玻璃。如果是玻璃，它们的穿孔旧迹和表面的风化纹，使得它们仿佛是清代的八旗蓝朝珠。

猫眼石的重要产地是斯里兰卡，其颜色通常为金色和绿色，没有深蓝色。斯里兰卡的海蓝宝石很美，并不讲求猫眼效果。

我非常希望这十九颗美丽的珠子是清代朝珠。我有一件湛蓝色的科尔沁蒙古袍子，搭配湛蓝色的手串，再用银隔珠穿起，正好相得益彰。

挚友之间的互赠都是无价的。每次我回到重庆的家里，目光所及，令我怔怔出神，比如祥夫先生的画，千先生的题匾，还有更多小巧的赠物。

商
玉

殷商玉器跪着的人，尤其人身虎头虎爪者，透出凶蛮的气息——这些形象通常是指代前方站立或坐着的人。

据说，殷商人的祖先来自黑龙江北岸，是前通古斯人、前蒙古人种、前林中百姓、前草原达人、前游战族群。他们过河，向南，有一天来到中原，灭夏。

殷商玉器里有大量玉虎，同玉跪人一样，具有独特性和代表性。商人崇拜虎，驾驭马。此时代亦出现了玉熊和玉牛。

新石器时代后期距今四千五百年前左右，人类群体进入方国时代。北方有鬼方，商人的祖先从鬼方来。彼时方国还有周方、商方、土方、井方、人方等，它们延续了红山文

330

化、夏家店文化、齐家文化、石卯文化、石家河文化、盘龙城文化、良渚文化、龙山文化、二里头文化、大溪文化等。商人在吸取这些文化的精髓后，定居中原，不再回到黑龙江北岸。

殷商玉器纷繁凶蛮，战国玉器花纹密集峥嵘，唐以后玉器走向实用主义。如此观照，唯红山文化、齐家文化的玉最简利、静美、婉约、通神，我幸而有之。西周玉最文明，彬彬有礼，我亦有一对玉璧，目光触之，心动神摇。它们的妙处，我们至今仍无法完全理解，为何先人能够如此巧妙地抵达这一境地。

商玉的要点："臣"字眼，直刀，片雕，双勾阴线，花纹大刀阔斧，具有莽莽撞撞感。

古玉生烟

写真

　　天地玄黄，第一块中规中矩的玉器，当是玉璧。玉璧——对月亮的写真。月亮是人类始祖眼睛里最神秘、最喜悦之物，它是太空中的星体，如此之近的唯一，具象又抽象，玄之又玄，有实用性，点亮沉沉暗夜；有美观性，令地球不孤独；有拓展性，月亮烛照人心。问天，问灵，进入精神世界。迄今为止，华夏最早的写真月亮的玉璧，出土于吉林白城双塔。它的内圆极圆，外圈虽然也是圆的，但重心右移，于是左边玉肉多于右边，似乎不是一个规规矩矩的玉璧，但确然就是一个富有匠心的玉璧了。它距今一万多年，可以说是开了人类玉器的先河，但并未形成玉文化，只是启蒙。

当下是物质文明最为发达的时代，而精神文明的最高境界却可能是在远古第一只玉璧诞生之时。在玉的发展史中，灵玉应该被视为第一阶段。人类最古老的宗教——萨满教的核心在于万物有灵。目前我们所能知道的成熟玉器源头地，正是兴隆洼文化所在的中国赤峰。而兴隆洼文化遗址出土的标志性玉件是圆形玉玦，即有开口的玉璧。此开口可理解为与月的气脉相接，灵的畅通道路是也。那个手执玉玦或玉璧问天的人，就是新石器时代人类部落的大巫师，当他或她全神贯注地仰头向苍天发出祈求、祷告、诉说、询问，伴以踏歌之舞，玉就是媒介。

玉第一个写真的是月亮，第二个写真的是云气。红山文化的代表玉件是勾云形佩。红山文化出土的红陶罐上装饰着成熟流畅的云纹。可以说，紧接着出现的龙和凤，是从云气中脱胎而出的，而云纹始终伴随左右，至西周成熟的凤鸟纹，处处有云纹踪迹。玉第三个写真的是万灵之胎体，兽形玦即是。

远古中国北方的玉文明，以玉璧为代表的红山文化和齐家文化展现了灵玉的特质。中原龙山文化作为华夏文明的源头，其权玉以璋、圭、璇、玑为代表，承载了宗法礼制的含义。长江下游的良渚玉文化则以琮为代表，体现了神圣，也象征着国家。在夏商周时期的战乱中，戈、戚和刀等玉器成为重要的象征（二里头文化）。

为什么说远古玉文明是人类精神文明的最高境界？当一个人无知无识，灵魂与天地万物融于一体，所创造出的有灵玉器，确是人间至美和至坚。永恒的美，永远的存在，纯粹的悟，这当然就是心灵的文明。

2022年中秋夜，我握住一枚地下五千多年的月亮。

小南山玉玦

兴隆洼文化的玉玦曾被称为中华第一玉，以此为基点，确定了玉文明拥有约八千年的历史。

2019年，黑龙江省饶河县乌苏里江左岸小南山遗址出土了玉玦、玉环、玉珠、玉管、玉坠，是迄今为止我国境内发现的最古老的成熟玉器，比兴隆洼文化早近千年，距今约九千年。当时的玉工使用了绳子蘸解玉沙开玉的技术，这种技术也被用于红山文化、良渚文化、齐家文化的玉器加工。一夜之间，小南山玉玦取代了兴隆洼玉玦，成为"中华第一玉"。

2019年我在做什么？一对生坑秋葵黄西周凤纹小玉璧被我盘出来了，珠光雅气，摩之窸窣。紧接着一枚传世齐家文化玉璧被我潜心观摩，我写下细细心得。在这一年里，我不知道考古界已经把玉文明又向前推进了约一千年。下一次的推进是何年，又是在哪里。

小南山玉器的特征亦是光素无纹，边缘呈薄刃状，兴隆洼文化、红山文化的玉器显然忠实地沿袭了这一传统。这是否意味着北方先民从乌苏里江迁移至辽西老哈河与西拉木伦河流域？

小南山文明似乎就是华夏文明的曙光和源头，这光芒自北向南，以玉玦为记号，向北到贝加尔湖，向东到日本，遍洒长江、黄河流域，也抵达岭南和台湾岛。

玉玦作为人类的第一件蕴含思想的玉器，它形似玉璧，宛若明月，却有开口，它仅仅是耳饰？它可通灵？它负载着何样严肃的使命？它是礼器？它代表阶层？祥夫先生说："至今谁也不知道玉玦到底是什么意思！"

2022年，一枚兴隆洼文化晚期、红山文化早期的玉玦被我盘出黄白老玉光芒。说来神奇，它刚到我手上时呈灰青色。我和玉玦面对面，它是一个哑巴，我也是一个哑巴，我们彼此懂得，但什么也说不出来。

钝刃圆边

现代玉里最美也最昂贵的，当属籽料。好籽料讲究的是质好——要熟，形好——看着养眼，抚着顺手。这是亿万年河水打磨到家的效果。玉商常说的"一口气"，就是这个意思。

皮色一定要红皮吗？那也不是。光皮籽料自有它的魅力，而且无皮色的料是因为密度大，不容易被铁元素等侵蚀形成色皮。

红皮和撒金皮的小块籽料做成独籽戒指或独籽挂件，是非常迷人的。青花墨玉籽料则越大越好，是一座天然的玉山子，黑山白水是也。陡峭挺拔的青玉大籽料不雕亦有大禹治水的气势。

我曾经有一块比拳头大的金皮斑斓闪黄白玉籽料，馒头样儿，雕刻的是秋山题材：漫山红叶，密林凉亭，崎岖山路。我在乌鲁木齐的家中喝茶的时候把它摆上，就这么安静地看着，抚平我心中多少跌宕。我还有个小枕头样的碧玉籽料，简直就是一颗绿肾，光滑、柔和、圆润，大自然这能工巧匠比人有恒心。这两块籽料后来分别送给了两位最亲的亲人，玉和人讲缘分，它们要奔着谁去，我一点儿办法都没有，虽心中牵念。新的主人比我爱它，籽料装进了紫檀木匣子，肯定不会被掏镯子，那个又鲁莽又残忍。

我自己常年佩戴的是一颗碧玉完籽，它是扁圆的，边缘呈钝刃感，这也是小块籽料常有的形态。我发现红山文化的玉器边缘没有直棱，一概是统一的钝刃圆边，就觉得红山先民太懂玉了，他们知道玉最想成为的样子和该是个什么样子。红山文化用的玉是岫岩的河磨透闪石真玉，那是山流水料，并不是昆仑山和田籽料，那么先民如何知晓真玉所能达到的最佳状态——即使是人心人技做出的玉器，也握之柔圆，温良静然。

红山玉和天然籽料是真玉文化发展史上的两个至高点，一个在人类文明的开端，一个在人类文明的今天。它们的样子和性情与老子《道德经》所阐述的哲学智慧互为注释。

　　与之相比，我们就可以看出商玉有暴戾之气。西周玉文质彬彬，文心彩焕，未免亦是入人世的。至于良渚玉嘛，气势非常惊人，它的玉璧和月亮一样大，它的玉琮兽面纹究竟蕴含何种含义？齐家玉则略单一，它真的是比红山玉还要素。石家河玉（团凤、立凤）和龙山玉（玉璇玑）无疑地颇有令人心驰神往之处，但都已脱离神玉之纯粹，迈向工艺化和实用化之路。

古玉生烟

夏和华

古埃及文明、巴比伦苏美尔文明、南美洲玛雅文明、东北亚红山文化、古蜀三星堆文化、东南良渚文化，都是骤然消失的，它们曾以皇皇古国神人、瑞兽的姿态屹立于历史的舞台。

这些文明消失无存后，历史舞台上又出现了一系列古老而神秘的部落和古方国，比如犬戎、鬼方、周方、土方……

专家说，商人来自东夷，夷，从大从弓，游牧战斗群体。周人的祖先是来自西北的夏人，夏，大之意，大河、大国，大势。楚人来自南蛮，蛮，荒野高山峭壁之地。

周人的祖先生活在周原，即宝鸡的扶风和岐山一带。据说陕西神木的石峁是夏的首都，后夏迁都到中原；齐家文化实际上也可以追溯到夏朝。周崇夏，可推测夏是周的先祖。商崇东北，据说他们来自黑龙江北岸。

夏商之前，中原生活着什么人？夏都、周都，都是自北往南入主中原的迁徙，末都都在河南。因此，可以这样推理：东西南北中融合于黄河流域，以华夏族为主，成为汉族的起源。

原来夏的底色很素朴，由齐家玉、龙山玉、二里头玉便可看出。素璧、素璜、素琮、素璋、素刀、素钺、素圭、素戈、素戚……

而夏人的性格特点，古书记载的大意是，纯真而善于感动。

齐家文化可追溯至夏，那么我拥有的齐家玉璧是否就是夏玉了。这真是令我震惊。

夏很神秘，夏人被视为三皇五帝神人后裔。红山文化里有太阳神，有神人，有巫人，有如风神的鸟儿，有如云神的龙，如月神的璧。商玉依然保持着神乎其神的神秘感，有插羽神人的造型。周玉的花纹宛若天宫。夏商周三代后，神的气息渐止。

我还有商末西周的玉鱼，西周的玉璧、玉鸟，以及史前

古玉生烟

红山文化的玉玦、玉枭，如此，我收藏的高古玉算是比较完满了。

收藏玉不像集邮票，一开始就决意怎样地齐整到位。一切都是随缘，这些玉自然而然地飘飘而来。我没有任何计划和规划，收藏是意外之喜，收获纯真的感动。

天问

　　红山文化喀左东山嘴遗址出土的玉器是20世纪70年代末至80年代初考古工作中最先亮相的玉器，一块双龙首玉璜，一只绿松石鸟，距今五千至六千年。

　　此双龙首玉璜极其精美，龙首是红山文化碧玉C龙的模样，玉是黄青色透闪石真玉。绿松石鸟是红山文化玉枭的形制。在红山文化这里我们可知，枭是枭，森林里的灵鸟；凤是凤，天上的神鸟。

　　中华第一玉璜出土于长江下游余姚的河姆渡遗址，距今七千多年，与兴隆洼文化基本同期。兴隆洼文化出土了弧形牙状单孔玉件，玉璜状，但不是玉璜。值得注意的是，河姆渡遗址中也出土过单孔弧形玉器。

如果考虑北方红山文化向南对黄河、长江流域玉文化的影响，玉玦、玉璧、玉龙、玉凤、玉枭、玉龟便是明证，玉璜、玉琮却起源并兴盛于长江和黄河流域，其环节的衔接和渊源需要进一步探究。

齐家文化的玉琮亦多光素无纹，偶有玉琮饰瓦沟纹。这种瓦沟纹在红山文化的玉凤、玉蚕、玉臂饰、勾云玉佩上皆有。玉琮再也不肯多繁华一些了，在瓦沟纹这里止步。红山文化和齐家文化的审美是存在一致性的。

红山文化的先民多在腕上佩戴玉镯，可见玉镯是标准的饰品。玉玦、玉璧负载有通灵的使命。玉龙、玉凤、玉龟、玉枭是对灵的崇拜。有一个玉人自然地虔诚站立，手放在胸前，面向上天，是在与天帝语。塑这个玉人是对巫的信服和尊敬。红山玉璧方圆融合，天地合一，体现了一种超越物质的宇宙观。

小南山遗址出土的中华第一玉玦是透闪石真玉。北方先民是怎样认定透闪石为真玉的呢？

红山文化玉器的魅力无上，它们精密对称，如一种仪器，它们的形制具象中满是抽象，生动有力，几乎就是艺术美的巅峰。红山人是怎样的人呢？

专家说红山人属于蒙古人种，亦说商人的祖先就是红山人。时光漫漫，龙凤飞舞，岁月遥迢，山河暖寒，诸多历史细节我们无从知晓，唯以玉的光芒烛照己心。

古玉生烟

玉
知
识

祥夫先生专门为我上的一节古玉课。2022年5月5日，我根据微信语音进行整理。以下内容为祥夫先生微信语音口述，我根据该口述进行整理。

和红山文化相比，良渚文化的年代还要稍早一点儿。红山文化玉器的用料大部分采用岫岩的河磨玉，这种玉透明水亮，越老越漂亮。这个玉玦就是河磨老玉，是大玦。这个玦的特点就是不是准圆，形状略长，这是红山文化早期玉玦的特点，而且上边有穿孔，可能是为了方便佩戴。这个玦是生坑，戴戴就盘出来了。对于红山文化时期的东西，祥夫先生还是比较喜欢玉环和玉玦的。他有一个绿松石的玦，同样形状略长，都属于较早期的作品。红山文化里的玉件，祥夫先生那儿还有形如蜘蛛和螳螂的，都简洁传神，但是那个人形啊，人脸佩啊，他就不太喜欢。

红山文化与中原文化有共同点，但是呢，还是存在区别的。拿红山文化与齐家文化的玉器进行比对，齐家文化的素器好，玉质也好。齐家文化的玉啊，密度是最高的。埋在地下几千年，其玉质会有意料不到的玉变现象，特别漂亮。齐家文化的玉钙化相对少些。由于气候的原因，在寒冷的冬季，玉的内部会出现裂隙，而那些鬼斧神工的内裂反而让齐家文化时期的玉有着令人惊艳的美。齐家杏色玉璧真是老熟到了家。

良渚的东西吧，鸡骨白比较多，因为这个地方的地理环境跟别处不一样。齐家文化的玉随着漫长岁月的推移而产生变化，其纹理有时真像天上的云彩一般，特别漂亮。钙化的地方泛白，没有钙化的地方还是玉的本色。齐家文化的玉洁白的很少，青绿色的居多，但又不是碧玉。祥夫先生有那样的一个小玉环，钙化的地方已经玉变为棕色，不透明，但是没有钙化的地方，还是那么一小块儿透明，用玩玉的人的说法就是"开窗"，哎呀！开窗的那一小块地方可真漂亮，满天云霞的感觉。

良渚文化并非仅限于一个地区，不仅在良渚地区有发现，别的地方也有，其遗存分散在多个地点，风格基本一致。红山文化也是这样，主要在赤峰，但是别处也有，属于同一时期，但是呢，它又不能归到草原文化里，草原文化主要是指青铜器文化，草原文化好像始终没有把玉文化纳入其中。红山文化跟齐家文化的遗存出土量大，古董贩子还有那些所谓的专家，老是说这些东西假货多，真货少，恨不得说只有他们手里边的才是真的。殊不知那个时候什么也没有，只有玉这么一个产业，人们在大量地做。玉猪龙的尺寸有特别大的，就像《人民画报》那么大，或者是两张《人民画报》那么大，但是也有尺寸特别小的，因为当时的人们相信它可以护身，所以大量制作势在必行。

还有陕西神木的石峁文化，祥夫先生提到，他原以为石峁出土的那个著名人面玉器很大呢，起码有一个碗那么大，结果没想到那么小，就是比墨水瓶盖子大一点，但那是国宝级的。石峁文化更加质朴，没有红山文化的丰富多彩，红山文化充满奇思异想，很多东西到现在都解释不来。但是呢，说到古玉，达到顶峰的还是商周时期的作品。古玉的美好，让你体会到文化的漫长和个体生命的短暂。身上戴一块这样的玉，你会马上觉得不一样，因为那神秘久远的时空感会让你产生一种敬畏和永不消退的激动。祥夫先生身上戴的几块玉都是商周时期的作品，想到我自己身上也戴着这样的玉，两三千年的时光都凝聚在了这里，不一样，真是不一样。

商周时期的白玉极为稀少，尤其是被称为"三代白"的白玉，"三代"特指夏商周，这种"三代白"脂分含量特别高，感觉用手一摸就会沾一手油。祥夫先生有两件，十分珍惜，从不舍得戴在身上。商周时期常见的玉石则多为青玉和碧玉。在那个时候，人们也并没有把白玉视为最好的玉。

老玉的大美，美在其皮壳光气太接近珍珠的那种光了，弱弱的、悠悠的美，那光泽特别温润，这种温润，让人想起古人赞美一个人常说的话——君子如玉。

古玉生烟

精
白
玉

西王母当然不是神话人物王母娘娘。西王母是夏商周时期遥远的昆仑山附近古老部落的首领。这个部落延续了很久的母系社会传统，当中原地区进入父系社会，迈入夏商周朝代，昆仑山下这个社会依然是母系制度。西王母这一名号代代相传，并不是只一个人不衰不死。

《瑞应图》云："黄帝时，西王母献白玉环。"《尚书大传》云："舜以天德嗣尧，西王母来献白玉琯。"那么这是夏朝时候的西王母。这个西王母以白玉为贵，且喜爱的玉器为环和琯。

汉代东方朔曰："周穆王时，西胡献昆吾割玉刀及夜光常满杯……杯是白玉之精，光明夜照。"可见在西周时，西边部族亦以白玉为贵。

那么，周穆王西征犬戎后，在奔赴昆仑继而以邂逅西王母为引子进行的大型征玉活动中，白玉是如何出场的？周穆王向西王母献上白色的玉圭和黑色的玉璧，而西王母赠周穆王万只玉，其中以精白玉为主——昆仑山下西北部族自远古以来以白玉为贵。

这与华夏地区的玉文化传统存在一些差异。

在华夏地区的诸多历史时期，特别是夏商周至战国时期，青玉是非常常见的，妇好墓中出土的玉百分之七十是青玉。很多人会认为那个时候玉料稀少，白玉难得，故退而求其次用青玉。其实，那个时候白玉并不少见。青玉代表了天空的颜色，多做礼天的祭祀重器——苍璧礼天。和田青玉在密度、韧性、润度、油性上远超白玉，古人重玉质轻颜色，所以普遍使用青玉。

《周礼》还说："以白琥礼西方。"这句话是指用白玉做的老虎祭祀西方，白玉出场了，面向的是西方，与昆仑山用玉习惯不谋而合。

细数一下，红山文化中使用的岫岩透闪石真玉的颜色主要是青色、碧色、青黄色，少有白色。

良渚文化的玉器多用江苏小梅岭玉，颜色有深绿色、灰绿色、灰白色。

齐家文化的玉器多用马衔山玉，为湖水绿色。

商沿用红山文化、齐家文化的玉种，也用昆仑山和田玉，颜色依然以青色为主调。

从西周到汉朝，白玉逐渐占据重要地位，也就是说人们开始以白玉为贵。

精、雅，是西周古玉的特征。以白玉雕刻玉件，更显精雅特征，颇有富丽堂皇之气。这个审美趋势的兴起，可以说是西王母带给周穆王的。周穆王带着万只玉回到中原，让白玉大放光彩。

千年白玉变秋葵。今日西周玉器多以黄色亮相人间，而它们本来是精白玉，甚至它们可能正出自三千多年前西王母赠予周穆王的那万只玉籽。

精白玉的特点，玉质凝腻，打灯无任何结构。精白玉太珍贵，所以西周会有大量薄片雕刻玉器，比如玉鸟、玉兔、玉鱼、玉鹿、玉虎、玉马、小系璧，这样一来，即便是被切割下来的边角料也能得到合理利用，避免浪费。

既然在周穆王眼中西王母非我华夏族类，那么她究竟属于什么族类？有专家说她是中亚古远的塞种人。也有专家说她是具有通天本领的苏美尔人的后裔。他们移居昆仑山下，帕米尔高原天梯上的月亮正是他们信仰的对象。

先秦历史中关于西王母部落的记载寥寥，今日的我们只能遥想了。

古玉生烟

天或月亮

"我的天。"

每一个人都说过这三个字构成的一句话。"我的——天。"天指向谁？

有人说，大气层以外茫茫的，无边无际的，虚无，就是天。天是蓝色，转幽蓝，转灰黑，是不可理喻的冷静，是断了线的风筝的飘荡，是漠然之下的幽玄。

但是，天，既然是一种指向，就应该是一个实体。古书曰："天倾西北，地陷东南。"地，是人们所踩着的地球，这是清晰的指向。那么，天，也应该是一个清晰的指向。

"天倾西北"里的"天"，是什么？是说"天"本在地球的正中所向，因天柱（连着地球和月亮的柱子，古代传说里谓之天梯）断，地球球体发生趔趄一滚，而宇宙这幕布坐标不动，于是"天"去了地球的身后，即西北方向，而"地"冲向前，陷入东南。我再仔细琢磨这句古话："天倾西北，故日月星辰移焉；地不满东南，故水潦尘埃归焉。"日月星辰与天，被分开说。那么这里的"天"，并不指代月亮，依然指的是宇宙这沙盘幕布。

但，天上最亮的那颗星，人们自古以来都爱这么看、这么思，如此充满情怀。天，终究要凝缩到一个实体上，才可以向之以咏叹。如果太阳是用来光照万物的，黑夜里的月亮则是最贴心的抒情对象，一对一的倾诉、请求、祈祷、忏悔。月亮是善于思索之人的永恒伙伴，是生命的源头，是福来之地，也是降惩之地。

"我的天。"这里面充满孤独的感慨、叮叹，天——月亮最合适。大气层太空茫，无所定，太阳太炙热活跃，既不能令人定睛，更不适宜祈祷。

月亮，当然是夜空中最亮的。随着远古人类逐渐从猿类的形态中演化出来，萨满教在此时出现，万物有灵是它的核心内容。在这个时候，人们开始崇拜苍天，信良心和正义，信规律，这亦是萨满教的重要内容。天空、月亮、神灵、敬

古玉生烟

拜的对象、遵从信仰，都被视为至高。

有一种说法，地球诞生初期月球到地球的距离相当于现在的一半，只有十几万千米远，如果那个时候地球上有人类存在，视力好的人应该可以用肉眼看见月球上的环形山。月亮的辐射纹，万年前的古人把它们绘刻在地球某石洞壁上，今日才被发现。设想一下，这个悬浮在我们头顶上的巨大星球，人类一抬头，就可看见——月亮，而非空茫平滑的大气。

《奥义书》（古代印度哲学书）说："唯月是造物主。"可见远古时人们对天的信仰，其实正是对月亮的崇拜。《说文》曰："天，颠也，至高无上。"古文中的天被描绘成一个具有胳膊和腿的行走之人，头上顶着一个巨大物。

天圆地方。"圆者，月也。"

那么女娲补天的"天"，指的是什么？如果是茫无涯际的大气层，何谈补？所补的对象一定是一个实体，自成一物，不可能过于大，否则何谈补。女娲在地球上熬炼五色石，飞升至头顶的月亮，把缺损的月亮补好。如此，引力修复，洪水制止，万灵安居。

女娲在昆仑山炼五色石——《山海经》说玉有五色——

五色石正是色泽为白、青、红、黄、绿的和田玉籽料。女娲会怎样描述和田玉的好处呢？补天的最佳原料，唯有和田玉。这一切都源于和田玉强大韧性这一物理特征。

甘南画家王先生冷不丁问我一句："和田玉究竟有什么好?!"

今日我回答："韧性！光阴不损，历久弥新。光辉！月之光，天之德。"夜里照耀着我们内心的那一缕月光，其中有一部分正是女娲熬炼的五色石所散发出的光芒。

爱玉领先者是谁？当是西王母。《山海经》里如是描述："西王母其状如人，豹尾虎齿而善啸，蓬发戴胜。"《山海经》还说："西王母居昆仑之山。"西王母戴的玉胜乃和田玉磨制。和田玉得到广泛推崇，可以追溯至开天辟地之际。当时女娲叮叮当当地在月亮上劳作，后来的西王母则慵懒梳头戴胜。

女娲的样子：人面蛇身。传说，当年她往返忙碌于月亮和地球之间，蛇尾甩动，长发飞舞，面容穆穆，代表大自然的最高灵。她保护着地球上的万灵。华夏人的图腾——龙和凤很可能起源于来自北方红山文化的先祖们。

日本学者林巳奈夫指出，研究古人的画像石，可以感受

古玉生烟

到古人将天视为一种坚固的实体，并坚信天的入口位于西北方向。

古书《博物志》亦说：

> 地部之位起形高大者有昆仑山……神物之所生，圣人仙人之所集也……其山中应于天，最居中……

"应于天"的"天"指的是"天倾西北"里的"天"。传说中，月亮在远古时是一个有神人居住并由神人对地球发出指令的地方。神人从月亮来到昆仑山，女娲从昆仑山去月亮。于是，"圣人仙人之所集"就在理解之中了。

《海内十洲记》有曰：

> 昔禹治洪水既毕，乃乘跻车度弱水，而到此山（昆仑），祠上帝于北阿，归大功于九天。

祠上帝于北阿——人类最高的神，在西北的昆仑山。

《海内十洲记》里东方朔还如是说：

（昆仑山）其北户山、承渊山，又有墉城。金台、玉楼，相鲜如流，精之阙光，碧玉之堂，琼华之室，紫翠丹房，锦云烛日，朱霞九光，西王母之所治也，真官仙灵之所宗。上通璇玑，元气流布，五常玉衡。理九天而调阴阳……

古玉生烟

鉴玉

　　新玉主要分为狭义和田玉和其他和田玉，然后在狭义和田玉的基础上再区分籽料、山料、山流水料、戈壁料。

　　狭义和田玉是指昆仑山下和田地区出产的透闪石玉。广义和田玉包括俄料、青海料、韩料、广西料、罗甸料等。优质的东北河磨老玉稀有并昂贵，质量可与老和田玉媲美。

　　一块玉上手，具有水透感的是青海料，具有生白感的是俄料，具有瓷感的是罗甸料，石相的是韩料、广西料。和田的玉，无论籽料、山料都有浑厚感，也就是脂分这个说法，玉分子细渺若无，油腻温敦。而青海料和俄料的玉分子粗疏，如沙、如盐、如霜。与之相比，和田优质玉的玉分子则呈现云絮状甚至无结构状态。

在现代，玉石的加工工具是高速电钻，而在近古、中古、高古时期，人们则使用水凳砣机、空心管钻、实心锥桯、片切割铁具、绳蘸解玉砂，以人工磋磨方式加工玉石。由于古玉器都由籽料制成，玉性优良，且以手工方式加工，所以不起性，成品坚韧润泽。相比之下，现代的玉山料铺天盖地，再以电钻加工，易起性（钻眼沟痕处出现崩口、茬口）。

一只老玉的镯子，握于手中，稍远观察，镯条的圆形仿佛是由手工细心捏制而成，也就是说，因为是手工制作所以做不出那么百分百的圆。镯子的弧面上呈现出微妙的起伏和轻微的棱角感，这是手工制作的独特之处。相比之下，现代电钻加工的镯子则表面光滑圆润，毫无手工特有的艰深精进之气。

＊＊＊

自古至今最浪漫的玉器是辽国的，以春水和秋山为主题，季节中的自然，自然中的鸟兽（虎、鹿、鹰、雁），以及意境中的人，浑然一体，聚于一方不大的玉石上。

为了彰显大自然和生灵的色泽，辽国玉石第一次被郑重地、大胆地留皮（黄褐色）加工。而古人传统治玉的第一件事是去皮，籽料的外皮被剥得干干净净，玉讲求的就是玲珑剔透。所以，辽玉器在审美观念上实现了划时代的巨大飞跃。和田玉作为大自然的瑰宝，本身就披覆着天地灵韵，借势显化的自然题材，展示了人与天地灵兽共生的美妙意境，自然之气得以加强。

一座玉山子置于案上，人和兽、树木和枝叶，裹挟着自然之气扑面而来，所产生的美善能量是玉的功德之一。人立于镂雕、凸雕玉前，真可谓"一枝一叶总关情"。这样的玉器题材与辽人农牧渔猎的生活方式紧密相连，形成了独特的审美联系。

清代玉山子讲究白玉原料，雕刻山水人，以及自然灵兽穿梭其间，但不刻意表现季节感，对黄褐皮色也不十分看重，相比辽玉山子，缺少自然的光辉氛围，更多的是匠气和市井气。

辽国为契丹人所建，契丹人的族源在白山黑水之地，曾在匈奴时代并入东胡，今日的鄂温克人、锡伯人、达斡尔人有可能是契丹的后人。契丹辽文化的发源地在赤峰西拉木伦河和老哈河之畔。巧合的是，红山文化的发源地也在赤峰。红山人最懂玉的审美，五千多年后，契丹人最懂玉的审美，一个是出水芙蓉，一个是繁茂清雅。

辽全盛时期的疆域是宋的两倍，建陪都南京，位于今日的北京。西周初年，这里是燕国的首都。辽享祚二百一十九年后，被女真（源自肃慎）建立的金国所灭，而北京则成为都城，经历元明清至今，仍可在燕京大地上遇见辽国古老精美的建筑和文物。金的玉器审美沿袭了辽，玉山子的枝叶更繁茂，后世统称为辽金玉。

需要说明的是，宋代玉器的重要特征是民俗化，清代玉器沿袭了这一点。辽金玉虽继承了唐的"飞天""宝相"之华丽遗风，但也自成一枝——超凡脱俗、高贵精雅、正大仙容、生机勃勃，是人间好时节的样貌。

***

今人以皮壳包浆和玉肉内里的次生变化来辨别是否为古玉。红山玉器的河磨黄玉、绿玉、白玉有云雾状白色水沁、褐色土沁、黑色水银沁，偶见土咬塌缩。今人制作假红山玉器经常使用带混浆的糖白玉，而这种玉料的玉肉次生变化与真正古玉的沁不同。古玉的沁犹如巧克力融化后的浆，呈现出胶透感，形态如同墨汁落入水中或根须自然伸展。

宋明清时期曾流行使用老提油的方式仿制古玉。通过老提油仿制出的黑漆古，乌黑一大片，不透气。而真正的黑漆古，即水银沁，有层次感、疏通感。遇见清代红通通、黑乎乎的仿制古玉，因为假，所以浊气扑面而来，躲之不及。

看制式，看工痕，砣工和电钻走出的阴线截然不同。电钻走出的作品通常具有锋利、宽窄高度一致的特点，细看时可能会有拉链边（起性）；而砣工制作的作品则遒劲、干练、圆润，如在放大镜下观察，宽窄并不会完全一致。此外，凹槽里的包浆旧迹应与皮壳光芒一致。

我见过一只高仿商玉琥，"臣"字眼，厚片雕，形制是对的，但玉琥全身的红沁非常可疑，无开门，无变化，玉表涩滞，如一只封得严严实实的不透气的盒子，这是酸腐蚀仿红沁的典型。同时，仿制的玉琥线条呆板，走工没有果决的力量，无法展现瑞兽肌肉的饱满张力和弹性。古代玉工在雕琢时常常表现出一种飞扬的神采，他们凭着耐性，治玉如削玉。

高古玉其实是好辨识的。西周玉常有以下特征：千年白玉变秋葵、不断地出灰、橘皮纹、朱砂沁，一面坡，柳叶刀。我有一对西周凤鸟纹小玉璧、一只西周玉鸟，以及一条西周玉鱼。它们一直在出灰，这个做不了假，我把它们送给女儿、妹妹和家兄，并嘱他们时常摩挲，助力出灰早日完成。

***

圆条镯也叫福镯，内圆外圆，寄寓了家和万事兴的希冀。到了清末民国初年，有条件的人家女子出嫁时，必会戴有福镯，谓之"无镯不成婚"。

这是一个平民女子的旧物吧。它是青色偏白的老和田青玉。玉肉内有深褐色丝藻状杂质，也被称为蚂蚁脚沁，这是古玉沁色的说法。如果它不曾入土，那这些杂质就是玉的原生态次生物。和田青玉籽料的特征之一包括水草沁、钉沁和丝藻纹沁。这样一个有杂质的青白玉籽料镯，不见贵胄之气，但见父母慈心。

清代和商代一样都是尚青玉的，因为青玉里的羊脂级——脂分度其实比白玉更优，清代著名的二十五宝玺便是例证。所以，小户人家的女子拥有一个青白玉圆条镯，究竟是知足的。那时的嫁娶生子，家庭生活充满仪式感，是一段郑重的人生旅程。

既然是未入土的手镯，便拥有传世玉的盘摩特征：素面皮壳老熟，微透明，内质温厚，油脂度高，老气、宝气、光气俱内敛。其制作工艺以砣机砣磨为主，辅以手工修磨，视之圆柔中略有偏差，抚之有棱感。

这是一个全品，有一处暗绺，内径五十九毫米，不适合大小姐的纤纤玉手，倒适合那位忙碌的劳动女子佩戴，而她必定对生活充满爱。几代后，这个福镯漂泊至市井商家，又到了楚地江汉平原的古玉爱好者查姑娘手中。她是我的同事，见我爱不释手，便割爱了。整个2023年，我只戴它和红山玉枭，枭是黄白老玉，内已胶质化，它们的皮壳色感很搭。爱上古玉后，确实没办法再戴现代玉了。2024年，我将选择一整年戴什么呢？这真是一件值得认真思量的事。

观石家河玉

石家河文化的玉器给我最吃惊的感觉是，它们几乎都非常小，小到比墨水瓶的盖子还要小。我记得祥夫先生说他去石峁看玉，著名的人面玉器，竟然只比墨水瓶的盖子大一点。石家河的玉器，个个都小小的，隔着大大的玻璃柜子看，简直就像指甲盖那么大，简直就像徽章，我凑近了看，又吃了一惊，每件小玉精致极了，圆雕、浮雕、透雕，造型和线条皆巧夺天工。这样说比较笼统，那就再说清楚一点，每件小玉都是精雕，玉质精良，地道的河磨透闪石玉，鲜洁可爱，或青白，或黄白，或栗黄，花纹典雅旖旎，线条优柔回合有度，器型显示出非凡的想象力，且无怪异状，其彬彬有礼的模样与西周玉相比如何？竟然似乎更胜一筹呢。与商玉相比，它几乎没有丝毫暴戾之气。石家河的虎玉憨态可掬，谓之大猫更对。而商虎食人卣、商玉的"臣"字眼和獠牙跪都比较吓人。

这时候，我取出红山玉鸮与之相比，我的玉鸮瞬间成了巨人款，且朴素到落入尘埃。大自然和神的文明暗藏在红山玉里，而人类智慧的精妙文明在石家河玉器中有充分呈现。

石家河文化比红山文化晚一两千年。石家河文化的存在期约两千年。它最终融入中原文明，进入夏朝。盘龙城建于文化末期夏初，距离石家河仅约一百七十千米，距离安徽凌家滩约五百五十千米。今日石家河玉器在盘龙城静静展出，像是有一条脉络和一种渊源，无声地倾诉着。

一定要亲眼看到玉，我一听说盘龙城遗址博物院在举办石家河玉文化特展，就立刻早起出发了。书本上的知识虽然能让我们学习科学的分类和描述，但死记硬背终不快乐。玉拿到手上看，才更好。拥有玉然后去研究它，那就是最大、最好的玉缘了。

石家河的先民是否来自北方？虎简直就像是他们的图腾，玉璜上有双虎头、单个的玉虎头、片雕的虎、虎首玉冠、虎座双鹰佩。鹰、神人、凤鸟、龙都是红山玉里的主要元素。

盘绕的简形龙，如玉玦那么大，是红山玉玦演化来的吧。还有鹿头，鹿这种北方的代表性小兽，也出现在石家河文化中，或许是红山先民因气候从北向南迁徙，然后将北方文化带入中原的结果吧。我看见石家河文化所在的天门，与荆州、荆门构成等边三角形，仿佛在框定着过去和未来的楚地，记录着人类发展的河流。我站立其中，几乎被湍急和神秘推倒。

石家河玉器的代表是一枚团着的凤，被称为"中华第一凤"。这一作品与殷墟妇好墓出土的立凤遥遥相对，一个团，一个立，侧脸，形制、风格、工艺宛若亲生姊妹。考古学家推测妇好墓的立凤是商的战利品，传承自石家河文化。此次展出没有这中华第一凤，但有一短立凤，减地阳线雕刻，岫岩河磨黄白玉，温柔敦厚状，短尾，与妇好墓中长翅亭亭玉立的立凤有所不同。

无独有偶，红山文化里向天祈祷的站立玉人，石家河有，凌家滩也有，形神俱同。我不得不坚定地认为，中华玉文化一万多年前自东北小南山始，以玉玦为"中华第一玉"，缓缓向南，经过赤峰，去往西北齐家，往南到石家河和凌家滩，直到良渚，又向中原，最终传入中原的龙山文化。它们

古玉生烟

渐渐各具特点，但彼此交融的痕迹又很清晰——盘龙城出土了一枚玉璜，据推测是商代用石家河玉器改制而成的。

透雕玉冠的造型很特别，它们或是龙凤合体，或只是凤，或是虎。这些玉冠雕工精细，仿佛宋玉的繁丽风格，颇有后现代之姿，它们仿佛狡黠一笑看着我。石家河玉凤多有冠。玉冠戴在王者的发顶，是至尊至贵之意。

石家河玉器里多见玉笄。妇人之笄，则今之簪也。及笄、笄年，古代特指女子十五岁可以盘发插笄的年龄，即成年。鹰在红山文化里是通神的动物，人们借助玉鹰与神沟通，向神祈祷。石家河鹰形笄，插在成年女子的乌黑浓密发髻上。一个有神力的女子，她的发髻上插着鹰笄，这幅画面让人喜欢，这就是石家河王室女子的具象了。

我戴着红山玉鸮（猫头鹰），行走在盘龙城，心事浩渺连广宇，作为一个无所事事的女子，我究竟何德何能？因为热爱上古文明，索性居住在这里多年矣。

后　记

一

盘龙城在宋代就已被叫作盘龙城了，这个名字出现在一份张氏族谱里。民国时期，它被标记为县。盘龙城的古城墙在20世纪五六十年代仍屹立不倒，1954年武汉遭遇特大洪水，人们从城墙后的高岗取土抗洪。正是这个特殊时刻，人们在泥土中发现了陶片，揭开了盘龙城遗址的神秘面纱。考古工作持续到2013年，整整一个甲子。2018年底，盘龙城遗址公园正式建成。

有专家认为，盘龙城距今约三千五百年，是新石器时代之后建立起来的城，经历夏商，渐成王朝气概，后来成为商在南方的重城或中心城。商后期，北方的重城是殷（今河南安阳西），距离盘龙城正北向约七百千米。

殷妇好墓出土了七百余件玉器，其原材料大多为真玉里的青玉。盘龙城出土了一百多件玉器，其原材料基本为蛇纹石，也就是岫玉，在古代被称为"杂玉"。盘龙城的代表性玉器包括"中国玉戈之王"和巨大的有领玉璧。它们均由岫玉制成。戈和有领玉璧是商的特色玉器。

盘龙城正西仅约一百七十千米的天门石家河文化，距今约三千年，其出土的玉器里已大量使用了真玉之黄玉、青玉、碧玉。巧夺天工的"中华第一凤"就在这里。妇好墓中有些玉器是石家河文化的流传玉。妇好墓出土的著名立凤与石家河的团凤造像工艺一致。

盘龙城向东约五百千米是距今约五千五百年的安徽含山凌家滩文化。这里出土有著名的玉团龙、玉树、八角星纹玉鹰、玉书。

盘龙城的玉，相较于它们并不显赫，但其青铜器是顶级的，器型、纹饰很是高贵、典雅、大方。

从妇好墓出土的玉器可看出，玉器从新石器时代的灵玉、神玉，发展到夏商的战玉、王玉，到了商末，玉的赏玩和佩戴功用增强，甚至可闻宫廷上下佩玉锵锵之音。商末人们喜爱佩戴玉鱼，风气一直延续到西周，这在其他朝代中是少有的。

2019年冬，我定居盘龙城，被它古老的气息所吸引。盘龙城被称为武汉城市之根，与汉口隔着古老的府河。我家窗外就是府河，我每天去河谷散步。这附近从前有个村落叫殷家湾，如今拆迁后已荡然无存，只留下一个小小的土地庙，更像是一个神龛，上面有三个大字——殷家湾。它坐落在一片杂草丛生的土丘上，我上下班路过它，"殷"字让我瞬回商末。

历史既是连续的线条，又是错综复杂的织网，无法彻底了解，遐思就很美好——巨大的玉戈，是否象征兵家必争之地？不讲究玉饰，是否意味着全民皆兵？

虽然盘龙城真玉极少，但出土的一件绿松石镶金器物璀璨夺目，很是吸睛，令人想起洛阳二里头文化遗址出土的绿松石龙形器。

古代先民最爱之玉种，真玉和绿松石当仁不让——贾湖遗址的绿松石穿孔饰件、良渚文化遗址的绿松石镶片、红山文化遗址的绿松石鱼耳饰、齐家文化遗址成堆的绿松石切割片料。具有代表性的器物是绿松石镶嵌墨玉璜，其华丽程度

后记

在齐家文化中也是少见的。

湖北十堰的郧阳、竹山产优质的绿松石，想必盘龙城的绿松石就采自那里，抑或安徽的马鞍山。

在盘龙城居住了整整三年，这片红土地的地气极好，据说古代遗址上草木庄稼的气象是异常的丰盛饱满。我在它的帮助下"戒"掉了抑郁，并在这里安静地写完这本书。千夫长先生说："忽兰补玉。"他说得极是，玉的知识无涯，我尽力将自己对这些玉的所知所感记录下来。这一过程对我来说是圆满的、完美的。

二

谷崎润一郎说，我们一旦见到闪闪发光的东西就心神不安。他是唯美派文学大师。他的话诠释了和田玉和东方人审美规律之间的关系。

和田玉肌理的特征是这样的：内敛，内收。收住的是绵密、交织、内蕴、浑厚、脂分，并涵养其中的精华，散发的是柔和的珠光。

东方人对待自然、生活、女性美、情感、艺术，究竟有根深蒂固的偏好——含蓄、清芳、雅正、玄妙。

人和玉，存在一种高度一致的美学渊源，两者之间的共情和融通形成了一种美妙共振。按谷崎润一郎所言，和田玉是被手泽几百年，在古老空气中凝结而成的石头，温润莹洁，深邃幽远，云翳凝重，光影之美不舍昼夜。同时，它也是隐忍的，无惧真身不被人识。东方女人的美里就有隐忍的品性。一个男人一生眷念一个女人，是因为他想起了那神秘、无言的隐忍。

和田玉是厚泽的，东方人究竟是喜欢岁月静好加富贵延年的。一块肥油般温敦的玉肉，它一面是高士的雅洁，另一面是心理上的安泰富足，大方之家和大户之家，略显滑稽的交织结构，反映了东方人内心复杂而纠结的情感和思绪。

玉究竟和我是有大缘的，不然我不会拥有千年古玉，它们来得自然，如有神助。我不能想，如果没有祥夫先生赠古玉，这本书何来加持力量并有头有尾。

书序乃祥夫先生作，这又是神意。先生是我心中爱玉、懂玉第二人（曹雪芹是第一人），恬淡、天真、智慧、执着。

并在此深深感谢刘醒龙主编，长篇随笔《老和田玉札记》2019年全文刊发于《芳草》，本书脱胎于该文。感谢金宇澄主编，中篇小说《碧玉妆成》于2014年在《上海文学》发表。感谢丁东亚先生，小说《玉玲珑》2016 年发表于《长江文艺》。感谢龙仁青主编，中篇散文《古玉》于 2021 年在《青海湖》发表。感谢李宁博士，散文《命运里的符号》于 2023 年在《天涯》发表。感谢宗仁发主编，中篇散文《古玉生烟》于 2023 年在《作家》发表。感谢包倬主编，散文《玉之乐》于 2023 年在《滇池》"界外"栏目发表。感谢高亚平主编，散文《西周玉璧》发表于《西安晚报》副刊整版。感谢光盘主编，小说《玉枭飞来以后》发表于《南方文学》2023 年 6 期。感谢杨瑛主编，散文《华夏玉》于 2024 年在《草原》发表。感谢周璐主编，散文《观石家河玉》发表于《长江日报》江花周刊。感谢著名作家、出版人周华诚先生对《古玉生烟》的肯定。

感谢我的家人们，近二十年于有暇之时，在灯下，夜茶时，为我传输玉知识。这几乎就是家学了。

文艺新实力
NEW FORCES OF LITERATURE

已出书目：

《茶洲记》

《如在》

《小小悲欢》

《县联社》

《在这疾驰的人间》

《行囊里的旧乡》

《地气氤氲》

《古玉生烟》